ホーンテッド・キャンパス
墓守は笑わない

JN167166

櫛木理宇

角川ホラー文庫
20843

CONTENTS

HAUNTED CAMPUS

灘こよみ《なだ こよみ》
大学生。美少女だが、常に眉間にしわが寄っている。霊に狙われやすい体質。
八神森司《やがみ しんじ》
大学生（一浪）。超草食男子。霊が視えるが、特に対処はできない。こよみに片想い中。
Characters introduction
イラスト／ヤマウチ シズ

HAUNTED CAMPUS
黒沼麟太郎《くろぬま　りんたろう》
大学院生。オカ研部長。こよみの幼なじみ。オカルトについての知識は専門家並み。
三田村藍《みたむら　あい》
元オカ研副部長。新社会人。身長170cm以上のスレンダーな美女。アネゴ肌で男前な性格。
黒沼泉水《くろぬま　いずみ》
大学院生。身長190cmの精悍な偉丈夫。黒沼部長の分家筋の従弟。部長を「本家」と呼び、護る。

HAUNTED CAMPUS
鈴木瑠依《すずき　るい》
新入生。霊を視ることができる。ある一件を通じ、オカルト研究会の一員となる。
小山内陣《おさない　じん》
歯学部に通う大学生。甘い顔立ちとモデルばりのスタイルを持つ。こよみの元同級生。

プロローグ

月が変わり七月になってからというもの、

「もしや自分は、十年に一度の幸運期に突入したのでは」

と八神森司《やがみしんじ》は思うようになっていた。

まずは前期試験にかかわる諸々だ。大学生の七月といえば、なにはなくとも夏休み前の前期試験である。

ローソンと図書館のコピー機前に、ノートを抱えた学生が連日長蛇の列をつくる。過去問をまとめたデータの闇値が日ごとに吊《つ》り上がっていく。内容のない論文をすこしでも引き伸ばし、また賢《さか》しげに見せるための長ったらしい副詞「なかんずく」、「いかようにも」などが、なぜか日常会話でも頻発されるようになる——等々の現象に、森司も同じく振りまわされるのが毎年の恒例だった。

しかし今年は違った。

すくなくとも過去二年より、現時点ではるかに心は安らかだった。

なぜなら三年次に履修した授業のうち、約三割が出席点重視で、かつ四割が〝論文なし、選択問題のみ〟だと判明したからである。

もちろんすべての科目が例年通りにいくとは限らない。だが突如として方針を変える教授は、稀少《きしょう》だと予想できた。なにしろ前身を含めれば創立百五十年近い伝統を誇る大学であるからして、教授陣の気風も以下同文なのだ。

というわけで今年の前期は、去年ほどしゃかりきに論文用の資料を漁《あさ》らなくてよくなった——のだが。

森司はそれを黙っていた。

なぜなら意中の乙女、彼が片思いして早や五年目ともなる灘《なだ》こよみが、

「八神先輩、よかったら一緒に勉強しませんか」

と誘ってくれたからである。

もちろん彼に否やがあろうはずもなかった。瞬時に「いいね」とうなずき、

「お、おれも、それがいいんじゃないかと思ってたんだ、はは」

などと浮《うわ》ついた台詞《せりふ》まで付けくわえてしまった。

こよみは微笑んで、ただうなずいた。

そうして今日も二人は大学図書館の窓際の席に陣取り、向かいあって資料とノートを広げている。

——ああ、こよみちゃんは今日も可愛い。

勉強するふりで彼女の顔にちらちら視線を走らせながら、森司はひそかに感嘆の溜息《ためいき》

をついた。

目が悪いため、こよみは眉間《みけん》にこれでもかと皺《しわ》を寄せ、唇を引き結んでノートに向かっている。親の仇《かたき》でも睨《にら》むかのような形相だ。

だがその鬼気迫る真剣な顔つきが、さらに彼女を美しく見せている。美人はどんな顔をしても美人だが、いついかなるときも真面目に、脇目もふらず取り組む彼女の性格がいとおしい。

こよみがふと目を上げた。

——やばい、気づかれたか。

森司は急いで視線をノートに落とした。考えこむ演技のついでに、頬杖《ほおづえ》など突いてみる。

だがこよみの視線は、彼ではなく窓の外へと流れていた。

「どうした？　灘」

こよみが「いえ」と微笑む。

「いつの間にか、もうこんな時刻なんだなと思って。夏だから日が長いってわかってるのに、時間の感覚がうまく摑《つか》めなくて」

「ああそれ、おれもそうだよ」

気が合うな、と付けくわえるのはさすがに自重した。でれっと内心でやにさがりながら、森司も窓の外に目を向ける。

なるほど、中庭に建つ時計塔の針は午後七時にさしかかっていた。空の端は夕焼けに染まりつつあるが、世界はまだ十二分に明るい。

「きりのいいとこでメシ食いに行こうか。えーと、和洋中のローテーションで、今日は……」

「和の日です」

「そっか、ごめんごめん。おれって忘れっぽくてさ。でも灘がちゃんと覚えててくれるから、安心だな」

でれでれでれ、と擬音が付きそうなだらしない顔と口調で立ちあがる。気のせいか周囲の視線が、背中に、脇腹に激しく突き刺さる。

しかし森司は気にしなかった。脳内にはどこまでもお花畑が広がっており、足もとはふわふわと雲の上を歩くようだった。

こよみから「恋人のふり」を頼まれ、さらにお役御免となってしばらく経つ。しかしその間に縮まった距離は、けして解消されてはいなかった。

二人で食事に行くのも、行き帰りをともにするのも、ごく自然な習慣となった。いや余計な名目が取れたぶんだけ、かえって親密になったかもしれない。

なんというか、二人きりで行動することにお互い違和感がなくなった。最近は食事がマンネリにならないよう、和洋中のローテーションでまわす不文律ができてしまったほどである。

「行こうか」

「はい」

ノートと筆記用具をまとめ、借りた資料を返却し、図書館を出る。

すこし前までは貧乏学生が堂々と入れる和の店なんて、回転寿司か牛丼屋くらいだと思っていた。しかし検索範囲を広げてみれば、「夜は居酒屋、昼はワンコイン定食」な店や、リーズナブルな蕎麦《そば》屋がいくつか見つかった。

とくに後者は穴場で、若い男向けのカツ丼や天丼など、丼ものが充実しているのがありがたい。蕎麦屋だけあって出汁《だし》の味がしっかりと濃く、学食の丼とは比べものにならない味だ。

というわけで、その日も二人はバスで二区間先の蕎麦屋まで足を延ばした。

古式ゆかしい壁の品書きを眺めつつ、

「俺、この『いたちそば』ってずっと気になってるんだよ」

「わたしもです、きつねでもたぬきでもないんだなって」

「次こそ頼もうって思うんだけど、いざメニューを見ると丼ものの誘惑に負けるんだよなあ」

などと和やかに語り合う。結局こよみは山菜蕎麦、森司は親子丼を頼むことに決まった。

ああ、やっぱり幸運期だ――。

届いた湯気の立つ丼を前に、しみじみと森司は思った。

試験の見通しは立ったし、こよみちゃんとの仲は順調だし、おまけに今夜の親子丼も当たりだった。蕎麦つゆで煮込んだ鶏肉が柔らかく、半熟の卵がとろりと舌の上を滑っていく。

――これはもしかして、告白の機会も近いのでは。

ひそかに彼がテーブルの下で拳《こぶし》を握った瞬間、こよみの携帯電話が鳴った。メールやLINEではない証拠に、呼び出し音がやまない。

「すみません」

蕎麦を食べ終えたこよみが、表示名を確認して「あ、母です」と立ちあがる。携帯電話を耳にあてながら、店の外へ出て行く。

彼女を見送って、ふうと森司は短く息を吐いた。

壁のほうを向き、強いて引き締めていた顔の筋肉を、いまのうちにと盛大に緩める。ここ最近、意思の力で締めていないと目じりは下がるわ鼻の下は伸びるわ、顔がだらしなくほころんでしょうがないのだ。とてもこよみには見せられぬ顔であるゆえ、たまにこうして解放しておかねばならない。

ついでに椅子の背もたれに身を預けて思うさま脱力していると、

「あれ、八神？」

と背後から声がした。

反射的に森司は振りかえった。

斜め上から彼を見下ろしていたのは、よく見知った顔だった。同じアパートの上階に住む大学院生の堺《さかい》である。いつもの首の伸びたTシャツにジャージで、足もとにいたっては雪駄《せった》だ。

「ついにおまえもこの店を見つけてしまったか。いいだろここ、安くて美味《うま》くて」

「あ、はい。最近来るようになったんです。そう言う堺さんは常連ですか。だったら、あのお品書きのいたちそ——」

いたちそばって頼んだことあります？　と尋ねかけた森司をさえぎり、堺はにやりと言った。

「そういやおまえ、彼女できたんだな」

「へ？」

「見たぞ、すごい美人と一緒にメシ食ってたじゃねえか」

「ああ」

一瞬の凝固から解け、森司は顔筋《がんきん》を完全崩壊させた。

「い、いやあそんな。そう言ってもらえるのは嬉《うれ》しいですけど、まだ正式には彼女じゃないんですよ。でも傍《はた》からはそんなふうに見えてしまうんですかね。照れるなあ。いやでもほんと、まだ灘とははっきり交際——」

「なに言ってんだおまえ」

堺が呆《あき》れ顔で言う。

「灘さんじゃねえよ。あの子の顔ならおれだって知ってる。そうじゃなくてもっとこう色っぽい感じの美人と、いかにも親密そうにカフェで顔をくっつきあわせてただろ」

「はあ？」

森司は首をかしげた。

まったく覚えがない。こよみちゃん以外の美人と？　色っぽい感じ？　顔をくっつきあわせて？

「藍《あい》さん——じゃないですよね」

こよみと三田村《みたむら》藍以外の美女に、残念ながら心あたりはない。しかし堺は派手に首を振って、

「違《ちげ》ぇよ。おれの見たことない女性だった。というかおまえ、いつまでとぼける気だ。あの空気、間違いなくただのオトモダチじゃなかったぞ。彼女ができたならできたと男らしく認めろ。そして彼女のお友達をかき集めて、おれに合コン……」

誰かが息を呑《の》む気配がした。

同時に森司もはっとした。

なぜだろう、堺の肩の向こうに圧力を感じる。大柄な彼の体の向こうに誰かが立って、こちらをじっと見つめているような。

「な——」

森司の喉《のど》がごくりと鳴った。

いつの間にか店内に戻っていたこよみが、携帯電話を握りしめて堺の陰から彼を見ていた。

いつからそこに。どこから聞いていたんだ。いや違う。聞かれたところでやましいことなんかない。全部誤解だ。きっとこの粗忽《そこつ》な院生の見間違いであって、おれはべつになにも――。

しかし、声が出てこなかった。空気が足りない金魚のごとく口を開閉させる森司に、堺もようやく気づいて振りかえる。

「な、灘さん」

「あの、立ち聞きするわけじゃ……、すみません」

「灘――……」

言葉を失う男二人を前に、心なしか青い顔で、しかしきっぱりとこよみは告げた。

「お付き合いする人ができたんですね。お――おめでとうございます、八神先輩」

第一話　こどものあそび

1

「あのねえ、確かに起こってしまったことはもうしょうがないですよ。でもそちらの対応がね、あまりに誠意がないじゃないですか。問題はそこですよ。何度も何度も同じトラブルばかり起こして。そのたび『原因を調査中です』だなんて。政治家の答弁じゃあるまいし、その場しのぎの言いわけはやめてください。親が安心して子どもを預けられないなんて、いったいなんのための保育園ですか！」

「はい、まことに申しわけなく……」

伊東若菜《いとうわかな》は深ぶかと頭を下げた。

ほかに返す言葉がなかった。

眼前で眉《まゆ》を吊《つ》りあげて怒っているのは、保護者の中でも穏和で有名な母親である。若菜たち新米の保育士にも、いつも笑顔で愛想よく接してくれる人だった。その相手をこんなに憤らせてしまうなんて、立つ瀬がないとはこのことだ。

「わかってますよ、どうせまたルナちゃんなんでしょう」

スーツ姿の母親は吐き捨てるように言った。その横では、息子の晴都《はると》が眠そうに目をしょぼつかせている。

若菜は慌てて手を振った。

「いえまだ、そうと決まったわけでは」

「へえ、どの口でそれをおっしゃいます？　四月にクラス分けされてからというもの、トラブルがらみであの子の名を聞かなかった例《ためし》がありません。ルナちゃんのおうちが裕福で、お母さまがやかまし屋だから強く言えないのはわかりますよ。でもどうして、われわれがその皺《しわ》寄せをかぶらなくちゃいけないんですか」

母親の怒気に、若菜は首を縮めた。

ルナちゃんとは、この青葉《あおば》保育園すみれ組きっての問題児である。すみれ組は五歳児クラスで、幼稚園で言うところの年長さんだ。

この年齢ともなると、春にはお花見や蓬《よもぎ》摘み、夏には七夕と全員参加の行事が増える。二歳児、三歳児と違って、公的な場でおとなしくしていられる分別が付いてくるからだ。現にすみれ組の大半は、幼少時から団体行動に慣れていることもあり、模範生ばかりだった。――くだんの、ルナちゃんを除いては。

若菜は上目づかいに母親を見やった。

「たいへん申しわけありません。でもほんとうに、ただいま原因を究明中でして……どの子に訊《き》いても『知らない、なにも見てない』と言うもので」

「もういいです」

母親が語気荒くさえぎった。

「後日あらためて、主人と一緒にうかがいます。そのときは園長先生にも同席していただきますから、そのつもりで」

右手でクロエのショルダーバッグを、左手で息子の腕を摑《つか》んで立ちあがり、若菜に背を向ける。その背中いっぱいに、拒絶が色濃く浮かんでいた。

これはもうなにを言っても無駄だ。若菜は口をつぐんだ。

母親が引き戸を乱暴に開ける。

晴都が肩越しに、ちらりと若菜を振りかえるのがわかった。その首まわりには、くっきりと赤い痣《あざ》が残っていた。

ちいさな指の跡。

――あきらかに、子どもの手で首を絞められた痕跡《こんせき》。

叩《たた》きつけられるように引き戸が閉まった。

一転して教室が静まりかえる。

若菜は肩を落としてため息をついた。

壁の時計を見あげる。午後八時半をまわっていた。

青葉保育園は、本来なら午前七時から午後七時までだ。晴都くんママが迎えに来たのが、ぎりぎり六時五十分。首の痣を見とがめられたのが六時五十五分。そこからずっと、膝詰《ひざづ》め談判で苦情を言われつづけていた。

——でも、無理もない。

親御さんにとっては何ものにも替えがたい、大事な子どもたちだ。その宝物を預かっているというのに、管理責任を怠ったこちらの落ち度である。弁解のしようもない。

——でも、ほんとにルナちゃんなのかなあ。

若菜は内心でつぶやいた。

確かにルナはすみれ組のトラブルメイカーだ。すぐ癇癪《かんしゃく》を起こし、気に入らない子を叩き、自分の主張が通らないと噛《か》みつくことさえある。

ことに彼女の噛みつきは容赦なく、歯が肉に食い込み、皮膚が破れて血が出るまで——いや出ても、相手にむしゃぶりついて離れない。噛まれたほうは当然泣き、ときには過呼吸になりひきつけを起こす。

——もし首を絞めた犯人がルナちゃんだとしたら。

それなら子どもたちは、はっきりあの子を名指しするはずだ。

だっていままでずっとそうだった。あの子がなにかしでかすたび、他の園児たちは保育士のもとへ走り、顔を真っ赤にしてわめいた。

「ルナちゃんが叩いたぁ！」

「先生、ルナちゃんが砂かけたよう！」

「ルナちゃんを叱って、先生！」

クラス替えされてから九十日弱だというのに、早くもルナはすみれ組の鬼っ子になり

つつあった。五歳児クラスは青葉保育園には十三人ずつ二クラスしかないが、先輩たちの話によれば、

「保護者から『ルナちゃんと同じクラスにしないでください！』って要望が相次いでね、そりゃもう醜い押しつけ合いがあったみたいよ」

とのことだ。つまりすみれ組の担任となった若菜は、ある意味ハズレ籤《くじ》を引かされたと言える。

連絡帳を重ねて揃え、若菜は立ちあがった。

重い足どりで職員室へ向かう。

「ああやっと終わった？　ご苦労さま」

引き戸が開く音に、主任保育士の田鍋《たなべ》が笑顔で振りかえった。ベリーショートがよく似合う、きびきびした闊達《かったつ》な女性である。若菜は力なく彼女に応《こた》えた。

「田鍋主任が今週の鍵《かぎ》当番だったんですね。すみません、こんなに遅くまでお待たせしてしまって……」

「いいのいいの。どうせ書かなきゃいけない連絡帳が溜《た》まってたんだ」

と田鍋は大げさに肩をまわし、

「それより、また例の首の痣だって？」と言った。

「はい。今度は晴都くんです」

「五月上旬あたりからはじまって——これでもう何度目よ？」

「三度目です。お母さまたちはみんな『またルナちゃんだろう』と決めこんでいるんですが、そうとも言いきれない気がして」

「だよねえ。ルナちゃんにやられたんだったら子どももはもっと騒ぐもんな。それにあたしらだって、あの子には人一倍注意してるし」

「やっぱりカメラの件、実行したほうがいいんじゃないですか」

若菜は言った。

現状、一クラスにつき担任一人、補助一人を付けてはいるが、それでも百パーセント完全に目が行き届くとは言えない。ビデオカメラを設置して録画してみてはどうか、と若菜ほか数名が提案したのだが、

「盗撮どうこうと言われて、またクレームの火種になるかも」

と園長に却下されてしまったのだ。

「うーん。あたしはカメラの案、いいと思うんだけどね。でも園長にああもきっぱり拒否られちゃったら、うかつなことできないしな」

田鍋は首に提げた呼び笛を指でまわした。

「しかし首を絞めるってのは悪質だよなあ。子どもの間で叩く、蹴《け》る、嚙みつくってのはよくあるけど、痣になるほど絞めるケースはすくないよ」

「すくない――ってことは、多少はあるんですか」

「あるよ。いわゆる〝乱暴な子〟の中には、たまに度を越したのがいるから。鋏《はさみ》や針を

持ちだしてきた子だっているさ。でもやられた子ども本人が誰にされたかわからない、すぐに騒がないだなんて聞いたことないね」

声のトーンを落とす。

「とはいえ、保育の世界に〝あり得ないこと〟なんてないと言っていいけどさ。あらゆるケースを想定しといたほうがいいよ。あたしは時おり、子どもって大人とは別の種類の生き物なんじゃないかと思うことがある。まったく別の非言語コミュニケーション能力を持って、全然別の思考パターンを持った生き物なんじゃないかって。馬鹿な言いぐさに聞こえるだろうけどね、でもそれくらい、意思の疎通がとりにくい種族だと思ってるよ」

「種族って」

若菜は無理に笑った。田鍋の口調に、なぜか背中がうそ寒くなった。

「田鍋主任、それちょっとひどいですよ」

「ま、ここだけの話さ。オフレコってやつ」

鍵を持って、田鍋は腰を浮かした。

「さて腹も減ったし帰るか。若ちゃん、よかったら一緒にマック寄ってかない？　いま夏限定のスムージーやってるよ」

ルナの容疑が晴れたのは、翌日のことだ。

時刻は午後三時。一時からのお昼寝タイムを終えたばかりだった。

「さあみんな、起きるよー」

教室に入って若菜は声をかけた。

小鳥模様の壁紙に囲まれて、十三人の園児が色とりどりのタオルケットをかぶって眠っている。まず音に敏感な子たちが起き、その気配で皆も次々に目を覚ましていく。

「先生」

ふと、一人の男児が手を挙げた。

「どうしたの？」

補助の先生が歩み寄る。

「ルナちゃんが起きないよ」

「え……」

若菜は膝《ひざ》立ちの姿勢で首を伸ばし、教室の端で寝ているルナを見やった。

この暑さの中、ルナは頭の上まですっぽりタオルケットをかぶっていた。本来ならば〝音に敏感な子〟のグループに属する彼女が、身動きもしない。

己の腕が、ざわりと鳥肌立つのを若菜は感じた。

補助の先生が近寄り、タオルケットをめくる。

ルナは目を閉じていた。半開きの唇から、わずかに舌が覗《のぞ》いている。

——違う。

これは眠っているのではない、と若菜は悟った。その証拠に、補助の先生が呼びかけても揺すっても目覚めない。なにより——。

——なにより首の、真っ赤な指の跡。

首を絞められて失神しているのだ。

若菜は悲鳴を呑《の》みこみ、助けを求めるべく教室を飛びだした。

2

「はじめまして、伊東若菜と申します」

そう名乗った女性を、森司は斜め正面の角度から見つめた。

保育専門学校を卒業して四年目だというから、森司より二歳ばかり上だろう。しかし小柄で童顔なせいか年上には見えない。ややぽっちゃりめの体型を、アジアンテイストな刺繍《ししゅう》入りのマキシワンピースで包んでいる。

「こちらこそはじめまして。『モナリザ事件』でお世話になった、大石茜音《おおいしあかね》さんのご親《しん》戚《せき》だそうで」

と笑顔で応じたのは、ここオカルト研究会の部長こと黒沼麟太郎《くろぬまりんたろう》である。

雪越《せつえつ》大学オカルト研究会の部室は、構内の最北端に建つ部室棟の中でもいっとう北端に位置する。鬱蒼《うっそう》とした木々に囲まれて夏でも薄暗く、じめじめと湿気が多い。

とはいえ部室内の空気はけっして暗くも湿っぽくもなかった。

黒沼部長がアパートにも帰らず、つねに居座って快適な気温と湿度に保っているせいもあるが、人の出入りの多さが左右するところも大きいだろう。

雪大オカ研には、とにかく来客が多いのだ。前にも来た者、はじめて訪れる者、その七割から八割が手土産に洋菓子をたずさえ、甘党の部長に献上していく。

かくして室内にはつねにバターとバニラエッセンス、そして淹《い》れたてコーヒーの香りが漂い、壁に貼られた魔術師アレイスタ・クロウリーのポスターと、超自然現象に関する本が詰まった本棚を除けば、まるきり「お茶会サークル」と称しても違和感のない空気が満ち満ちている。

若菜はあらためて頭を下げて、

「いえそんな。茜音のほうがたいへんお世話になったと聞いております。ええと、本日おうかがいしたのは、ですね……」

言いにくそうに視線を流した。

「なんというか、わたくしの勤務先の保育園で起こった——一種の不審事件、とでも言いましょうか、その」

若菜はうまい言葉が見つからない様子だった。

その彼女へ、こよみが水出しアイスコーヒーのグラスを差し出す。

「どうぞ。ミルクとシロップはお要り用ですか？」

「あ、両方──いえ、やっぱりミルクだけ」

一瞬こよみの美貌《びぼう》に目を見張ってから、若菜は慌てて打ち消した。ダイエット中なのか、憂慮のあまりそれどころではないのか、彼女自身が手土産に買ってきたプティケーキには手を伸ばそうとしない。

長テーブルを挟んで若菜の正面には黒沼部長が座り、その右横にこよみ、左横に森司と鈴木瑠依《すずきるい》。そして部長の背後には、分家の従弟《いとこ》こと黒沼泉水《いずみ》がひかえている。

ちなみにプティケーキが飾られている銀のケーキスタンドは、いまこの場にいない元副部長の三田村藍が持ちこんだ品であった。

「茜音さんから、おおよそのところは聞いています」

部長が桃とチーズムースのケーキに手を伸ばして、

「子ども同士のトラブルだそうですね。何人かに首を絞められた跡だけが見つかり、いまだ犯人はわからない。ところでなぜオカ研《うち》にお見えになったんですか？　いやオカルトというのは広義の解釈を含むジャンルですから、うちとしちゃ大歓迎なんですよ。ただ首絞めからオカルトに一足飛びしたのは、いったいなぜかなと思いまして」

「そこも気になりますが……あの、ルナちゃんという子は大丈夫だったんですか」

遠慮がちに森司は口を挟んだ。

「なんというか、後遺症とかは」

「さいわい問題ないそうです」

若菜が即答する。

森司はほっとした。「それはよかった」

「ええ。ただルナちゃんの親御さんからは弁護士を通して、『なぜ教室から保育士が離れたのか』と正式に抗議を受けました。

三歳児のクラスまでは、お昼寝中もブレスチェック等で補助の先生が教室に残るんですが、四歳以上となると最初の一時間だけ付き添って、あとの一時間は職員室で日誌や月案書きや、工作の下準備をするのが慣例になっていたんです。保育士は基本的にお昼休みがないので、せめてその一時間だけでもと……」

若菜の答えに、ああそうか、保育士って昼休みがないのか——と森司は思った。

子どもというのは、食事の間すらおとなしくしてくれない生きものである。朝七時から夜七時までぶっ通しで未就学児たちを見つづける職業ならば、気の休まる暇もあるまい。一時間くらい休憩したいと思って当然だ。

「ただし他の保護者さんたちからの口添えもあって、今回は示談が成立しそうです。おそらくルナちゃんが転園して決着でしょう。でも首絞めの犯人は、依然として見つからないままで」

若菜が唇を噛《か》んだ。

「話を戻して、さきほどの部長さんの『なぜオカルト研究会に来ようと思ったか』を説明いたしますね。まずはこちらを観てもらえますか」

膝に置いたバッグを、若菜は探った。

数秒後、彼女が取り出したのはＵＳＢメモリであった。

「ルナちゃんの一件のあと、わたしと田鍋主任の独断で、教室と園庭にビデオカメラを仕込んだんです。園庭のカメラは茂みに隠して、教室のほうは高い棚に置いて、レンズ以外を工作物で覆っておきました。その動画データがこれです」

「なるほど。拝見しましょう」

手を伸ばして、部長はＵＳＢメモリを受け取った。

さっそくノートパソコンに差し込み、再生する。

森司は立ちあがり、部長の背後にまわって泉水と並んだ。鈴木も同じく彼にならう。

動画がはじまった。

映し出されたのは、保育園の教室らしき風景だった。斜め上から俯瞰《ふかん》の構図だ。小鳥の模様の壁紙に、子どもたちが描いたらしき絵がずらりと貼ってある。

床には水玉模様やチェック模様、アニメキャラのプリント入りのタオルケットをかぶった園児たちが行儀よく並んで寝入っていた。窓を覆う厚ぼったいカーテンが、夏のきつい陽射しをさえぎっている。

教室の隅には、若菜ではない中年の保育士が座っていた。

「補助の先生です。午後四時までのパートで来てくださってるんです」

と若菜が解説する。

「すみません、三十五分あたりまで飛ばしていただけますか」

言われたとおり、部長がタッチパッドで動画を早飛ばしした。三十四分で止め、ふたたび再生する。

補助の保育士は机に座り、書き物をつづけていた。ふと教室の扉が薄くひらく。どうやら外から呼ばれたらしく、保育士が立ちあがって教室を出ていく。

三十秒ほど、室内に動きはなかった。

静寂が流れる。

ふと森司は違和感を覚えた。

静かすぎる――と思ったのだ。

そうだ、さっきまで聞こえていた園児たちの軽いいびきが止んでいる。教室中がしんと静まりかえっている。寝がえりを打つ子すらいない。

「あ……」

こよみがちいさく声をあげる。つられるように、森司はモニタに目を凝らした。

壁際に、黒い靄《もや》が立ちのぼっていた。

どこから、いつ湧いたのかは見えなかった。薄黒い塊が壁を背に、かすかに波打って揺れている。

靄は黒い火のごとく揺らめきながら、一人の《の》園児めがけて這《は》い進みつつあった。空色のタオルケットをかけた男児だ。森司は息を呑んだ。

わずか二、三秒のうちに、男児の体は靄に覆われていた。もがく様子はない。タオルケットに包まれたちいさな体は微動だにしない。

靄がふいに消えた。

やがて、男児がうつ伏せの姿勢で首をもたげた。カメラの位置から顔は見えない。だがマイクが声を拾った。

しわがれた、低い声だ。男とも女ともつかない。

だが子どもの声でないことだけは確かだった。

はじめのうち森司は、声がなんと言っているのか聞きとれなかった。部長の椅子の背もたれを摑《つか》み、ノートパソコンに身を乗りだして耳をすます。

「……ん、とんとん」

笑いを含んだ声音だった。

森司ははっとした。

男児のまわりの子どもたちが、声に反応してか次つぎと寝がえりを打ち、うつ伏せ、顔をあげはじめている。呪言を唱えている男児と、まったく同じ姿勢をとっている。

五度目の「とんとん、とん」の声が響いた。妙な抑揚が付いているせいか、どこか呪《まじ》言《ごと》めいて響く。

まわりの子どもが声を揃え、応《こた》える。

——なんの音？

男児がさらに唱えた。

――とんとん、とん。

――風吹いた。

――とん、とんとん。

――なんの音？

男児が上体を起こした。呪言を止め、周囲からの問いに答える。

――雨降った。

――なんの音？

――犬鳴いた。

――なんの音？

タオルケットをはだけ、男児が布団に立ちあがる。

彼は言った。

――鬼が、来た。

言うが速いか、彼はすぐ横の女児に躍りかかった。

うつ伏せた背に馬乗りになり、ためらいなく首に両手をかける。モニタ越しにも、腕にこもった容赦ない力が見てとれた。

「……泥棒」

男児が唸《うな》るように言った。

「泥棒がいる——泥棒、泥棒。鬼が、来た。……泥棒」

憎しみのこもった声だった。しわがれて、ひどく年老いて聞こえた。だがその声は、やはり笑いを含んでいた。嘲《あざけ》りと軽侮と、ほんのわずかに悲哀の滲《にじ》んだ唸り。

男児が前のめりになり、腕に全体重をかけはじめた。

次の瞬間、引き戸が勢いよく開いた。

駆けこんできたのは、呼び笛を首から提げた三十代なかばの保育士だった。馬乗りになっていた男児を、羽交い締めにして引き剝《は》がす。

つづいて教室に走りこんだのは伊東若菜だ。彼女は首を絞められていた女児に駆け寄った。だが女児は泣きもせず、ただきょとんとしていた。

黒沼部長が動画を一時停止した。

「——なるほど」

彼は顔をあげ、正面の若菜を見た。

「伊東先生がオカ研においでになった理由がよくわかりましたよ。確かにこりゃあ、普通じゃないな」

「でしょう?」若菜は白い頰でうなずいた。

泉水が口をひらく。

「動画はよく撮れていた。だがどうやら、真犯人が見つかったってわけではなさそうだ」

「ええ」

そのとおりです、と若菜は再度首を縦にした。

「動画で首を絞めていた子——晴都くんと言いますが、彼が一連の事件の犯人なはずがないんです。だって晴都くんは最初の二件が起こったとき、おたふく風邪で園を休んでいたんですから。それに彼自身が被害者になったこともあります。親御さんからのクレームを受けたのだって、他ならぬわたしです」

部長が眼鏡を指でずりあげて、

「すみません。疑うわけじゃあないんですが、晴都くんの普段の様子はどうです？　他害傾向のある子ですか、家庭環境に問題は？」

「どちらもＮＯです」

若菜は断言した。

「晴都くんは一歳からの入園ですが、のんびりした穏やかな子で、トラブルを起こした例《ためし》はありません。ご両親はどちらも高学歴で、堅い職業に就いておいでです」

「うーん、まあ高学歴だからといって、子育ても優秀とは限りませんがね。だがここは保育のプロの目を信用しましょう」

部長は顎《あご》を撫《な》でた。

「ところであの『とんとんとん、なんの音？』というお遊戯は、園で教えたものですか。恥ずかしながらぼくは幼稚園中退なんです。童謡についての知識は文献で仕入れたきりで、実地のお遊戯にはさらに疎くってね」

「……じつは、そこも不思議な点でして」

若菜は言った。

「あの鬼遊び――『鬼が来た』と言っていたからには鬼遊びだと思うんですが、我が園のお遊戯リストには載っていないんです。園長の方針で鬼ごっこ系はあまりやらないものですから、せいぜいが色鬼、ハンカチ落としくらいしか教えないんですよ。わたし自身も知らない遊びですし、いったいどこから誰が広めたのかと」

眉《まゆ》をひそめる若菜に、こよみが「あのう」と手を挙げた。

「わたし、児童教育学の講義で『玩具《がんぐ》および遊戯考』のレポートを書いたときに、資料でさっきのやりとりを目にしたことがあります。確か『あぶくたった』の三番の歌詞だったと思います」

「ああ。『あーぶくたった、煮えたった』ってやつか」

森司が膝《ひざ》を打った。

次いで鈴木もうなずく。

「それならおれも知ってますわ。鬼になった子を囲んで、残るみんなが輪になって『煮えたかどうだか、食べてみよう。むしゃむしゃむしゃ、まだ煮えない』て鬼をつっつく遊びでしたよね。うわ、あらためて思いかえすとカニバリズム全開の歌詞ですな」

「うん、ぼくもその一番、二番の歌詞なら把握してるな……と言ってもメロディまではわかんないけど」

と部長が言う。

「ぼくの記憶じゃ、この歌っていろんな派生バージョンがあって、二番も三番も諸説あったはずだよ。解釈も鈴木くんの言ったように食人《カニバル》だとか、殺人の隠蔽《いんぺい》だとか血なまぐさいのが主だったはず。ただぼくの記憶だと、『鬼が来た』や『泥棒見つけた』じゃなく、『お化けだぞう』と脅かすラストだったような」

「部長の言うとおりです」

こよみが言った。

「このわらべ歌のもっともオーソドックスなタイプは『むしゃむしゃむしゃ、もう煮えた』で一番が終わり、二番が『お布団敷いて寝ましょ』で終わり、三番が『とんとんとん、お化けの音！』で締めくくられるものでした。派生タイプとして『鬼が来た』はあり得るにしろ、このパターンは少数派と思います」

「いいねえ。それ重要な手がかりっぽい」

部長が頬を緩め、森司と泉水、鈴木を交互に見やった。

「そこでだ。泉水ちゃん、八神くん、鈴木くん。さっきの動画のあれ、どうだった？あの黒い靄《もや》はきみたちの目にどう視《み》えた？」

「ま、いいもんじゃあねえな」と泉水。

「泉水さんに同意です。目的まではわかりませんが」と鈴木。

「うーん、でも無差別にどうこうってわけじゃなさそうで……いやどうだろ、やっぱ自信ないな。とはいえ、なにかしら思いを撒《ま》き散らしてるのは間違いありません。それ以上はまだなんとも」

と森司が締めくくる。

雪大オカ研には元部員を含め六人が所属している。しかし、まがりなりにも霊感があるのはこの三人のみである。

「そっかあ。じゃあまずは、ひとつひとつ手がかりをたどっていくしかないね。ぼくは県内における、鬼遊びの派生パターンから当たってみるとするかな」

部長は銀に光るフォークを置いて、

「では伊東先生は、いままで被害者になった子と、被加害者両方の立場に重複した子の家庭環境や性格、園内の交友関係をそれぞれリストにまとめてもらえますか。お手数ですが、終わり次第ご連絡いただけると嬉《うれ》しいです」

と、有無を言わさぬ笑顔で告げた。

3

「ふー……」

アパートに帰って早々、森司は床に放ったかばんを枕に寝転がった。

シャワーを浴びたい。部屋着に着替えたい。しかし立ちあがる気力がなかった。エアコンを点《つ》けたいし開けっぱなしのカーテンも閉めなければならないが、指一本動かしたくない。気力が萎《な》えきっている。

――今日もこよみちゃんと、挨拶《あいさつ》以外の言葉を交わせなかった。

院生の堺にあらぬ疑いをかけられてから、早や四日。こよみとは、なんとも言えぬ気まずい空気がつづいている。

あの日、店を出たあと森司は弁解につとめた。

「あ、あの人、なに言ってんだろーな、ははは」

「見間違いだよ、ていうか人違い」

「ほんとおれ、身に覚えないから。全然だから」

と、われながら機転のかけらもない弁解を繰りかえす森司に、こよみは「はい」、「はあ」と生返事をするだけだった。しまいには、

「すみません。母の誕生日プレゼントを買いたいので、ロフトに寄ってから帰ります。先輩はお先に大学へ戻ってください」

と、逆方向のバスに乗って去られてしまった。

止めるすべもなく、森司はバスのリヤウインドウを呆然《ぼうぜん》と見送るほかなかった。

「くそ……堺さんめ。いったいなにを根拠に、あんな濡《ぬ》れ衣《ぎぬ》を……」

天井を見つめながら森司は歯噛《はが》みした。

しかも地味に、彼女云々《うんぬん》のデマが学内に広まってしまっている。昨日はゼミの数人に

冷やかされたし、今日は一般教養で同クラスだったやつにまで、

「八神おまえ、とうとう灘さん諦《あきら》めたの？」と真顔で訊《き》かれてしまった。

——なにが幸運期だ、まったく。

どうしておれはこよみちゃん相手となると、いつもこうなのだろう。

某懐メロの歌詞のごとく、三歩進展して二歩下がることを繰りかえしている。もしや霊感持ちが災いして、女難の祟《たた》りでも背負い込んだのか。だとしたら一度お祓《はら》いにでも行くべきだろうか。

いかん、心が弱っている、と森司はまぶたを閉じた。

気落ちしたとき人は宗教にすがりやすいと言うが、まさにその状態に陥りかけている。このまま一人で寝転がっていたら、果てしなく鬱《うつ》の闇に落ちこんでいきそうだ。

森司は残る気力を振りしぼり、反動を付けて起きあがった。
一、まずエアコンを点ける。二、カーテンを閉める。三、服を脱いでシャワーを浴びる——と己に言い聞かせ、順に実行していく。
「洗濯は……いいや、明日にしよう。部屋着……もいいや、どうせ誰も見てないし」

トランクス一枚で戻ると、ワンルームだけあってそれなりに冷房が効いていた。

前言どおり誰もいない部屋ではあるが、サボテンの鉢だけが気になった。鉢の前へ雑誌を立てかけ、申しわけ程度の目隠しにしてみる。

——さて、食事はどうするか。

なにも食べないのは体に悪い。しかし食欲がない。

考えた末、森司は味噌《みそ》汁の椀《わん》に旨味《うまみ》調味料を振ると、味噌と乾燥葱《ねぎ》と豆腐四分の一丁を放りこんでレンジにかけた。

三分後にできあがった「味噌汁っぽいなにか」を、トランクス一丁のまま啜《すす》る。

テレビを点ける気にもなれず、無音の部屋で豆腐をやわやわ咀嚼《そしゃく》していると、間の抜けた着信音が鳴った。

電話だ。表示名を見て思わずぎくりとする。

液晶に浮かんでいたのは『三田村藍』の四文字であった。

──藍さん、まさか。

急《せ》かすようにコールは鳴りつづけている。

覚悟を決めて、森司は通話ボタンを押した。

「も……もしもし」

「ああ八神くん？　あたし」

「ぞ、存じております。今日はあの、いかがなご用事で」

「なに萎縮してんのよ、気持ち悪い」

と、藍の口調はまったくいつもどおりだった。

あれ、と森司は訝《いぶか》った。これはもしや、お叱りの電話ではないということか。藍さんはまだなにも知らないのか。

「じつはいま泉水ちゃんと居酒屋にいるの。もし暇だったら、奢《おご》ったげるから八神くんも来ない？」

「あ、いえ、その」

森司は言いよどんだ。

「すみません。ものすごく有難いお言葉ですが、今日は食欲がなくて」

「ああ、そういやトラブってる最中だっけ」

あっさりと言われ、森司は味噌汁もどきを噴きそうになった。

「な——な、な」

「こよみちゃんの前で〝彼女ができたかも疑惑〟が持ちあがったんでしょ？　聞いた聞いた。きみもほんとに難儀な子ねえ」

呆《あき》れたように藍が笑う。

この口調からしてお怒りではないらしい——と安堵《あんど》したそばから、森司の脳裏で過去のトラウマが揺らめいた。

そうだ、確か以前もこんなシチュエーションで藍に怯《おび》えたことがあった。元同級生の板垣果那《いたがきかな》に「彼氏のふりをしてくれ」と頼まれたせいで、藍に「今後こよみちゃんに近づくな」と牽制《けんせい》されてしまったのだ。だがあのときに比べ、今回の藍の反応はあまりに薄い。

どう受けとめていいものかと森司はまごつきながら、

「あのう」と恐る恐る切り出した。

「あの……藍さん、怒ってないんですか」

「なにが？」

「えとその、板垣のときのような、灘を裏切ったのかとか、あんな感じのお怒りを」

「ああ、ないない」

藍が笑い声をあげた。

「おかげさまで付き合いも長くなったからね。多重人格でも発症しない限り、八神くんが部長やあたしの目を盗んで二股《ふたまた》できるとは思えないわ。どうせなにかの誤解なんでしょう？」

「ご、ご信用ありがとうございます」

と電話越しに頭を下げてから、森司は勢いこんでわめいた。

「ていうかそう！　誤解です。堺さんの悪質な誤解なんですよマジで。おれがカフェで色っぽい美人と親密そうに二人っきりで談笑していたとか、人違いに決まってるのに、灘の前ででたらめを言うんです、よりによって灘の前で、灘の前で！」

「声大きい。二回も言わなくていいわよ」

「すみません。大事なことなのでつい二回」

森司は恥じ入った。

藍がつづける。

「ていうか、それこそ果那ちゃんなんじゃないの？　もしくは璃子《りこ》ちゃんとかさ」

「板垣や片貝《かたがい》さんとは最近会ってもいませんよ。二人とも就活で忙しいんだから。ほんとに灘以外の女性と、食事やカフェなんか行った覚えないんです」

「じゃあやっぱり人違いかしらね。こう言っちゃなんだけど、八神くんは髪型もファッションもさほど個性的ってわけじゃないし」

「そうですよ」森司は深く首肯した。

「おれなんかよくいる顔だし背丈も平均的だし、服なんか没個性もいいとこだし市井に埋もれた存在ですから。泉水さんほどの長身で超美男子なら言い逃れできないでしょうが、おれごとき量産型学生では」

「それ泉水ちゃんに伝えとくわ」

恬淡《てんたん》と藍は言い「んじゃ別の誰か誘うから、またね」と通話を切った。

しばし森司は携帯電話を片手に動けなかった。

ややあって、すっかりぬるくなった味噌汁もどきの残りを啜る。意味もなく、ため息をつく。

「そっか、そういや板垣のときは……」

あの件では藍が怒髪天で、部長が取りなしてくれ、こよみは歯牙《しが》にもかけていないふうだった。

しかし今回は逆だ。藍はまるで気にせず、こよみと気まずい。

「……以前より信用失っちゃったのかな、おれ……」

低く落としたつぶやきが、どこからか響いた犬の吠《ほ》え声にかき消された。

4

部長に頼まれたとおりのリストを携え、伊東若菜は土曜の午後に再訪した。

「いままで首に痣《あざ》をつくった子は、ルナちゃんと晴都くんを含め五人です。一応それぞれ家庭環境や園内の交友関係をまとめてみましたが、目立っておかしい点は見つかりませんでした」

鬱蒼《うっそう》とした木々に囲まれた部室棟は、今日も蝉の声に包まれていた。エアコンのため窓を閉めきっていてさえ、顔をしかめたくなるほどやかましい。

土曜ゆえ苦学生の泉水と鈴木はバイトで不在だったが、今日は代わりに藍がいる。こよみ、藍、森司に囲まれた部長はリストを受けとって、

「ざっと拝見した限り、性別も誕生月も親の職業もばらばらですね。伊東先生から見て、被害者の子どもたちになにかしら共通点はありますか？」

「とくにないと思います。せいぜい年齢と、ご両親が共働きだということくらい？　でもこれは保育園のクラスですから当然かと」

急いで来たのか、若菜は額と首筋にしっとり汗をかいていた。

部長がうなずく。

「ですね。ちなみに今年に入って情緒不安定になった子なんてのはいませんか。たとえば引っ越し等で環境が変わったとか、家庭に不幸があったとか」

「二番目の被害者になった萌花《もか》ちゃんが、春先に母方のお祖母《ばあ》ちゃんを亡くしています。忌引き明けにすこし寝ぐずりがありましたね。『寝たまま目が覚めなかったら死んじゃうの？』と、補助の先生に何度も訊《き》いていたようです。でもさいわい数日きりでおさまって、いまは元気に遊んでいます」

若菜はすこしためらってから、

「言いにくいことですが……ルナちゃんが休みはじめてからのほうが、子どもたちのメンタルはずっと安定してるんです。六月まではあの子の真似をして暴力的になる子もいましたが、ここ半月は叩《たた》いた叩かれたの騒ぎなんて一切ありません。——なのに首絞め事件だけはおさまらないから、よけい不気味で」

と己の二の腕を擦った。

「お察しします。ではぼくが気になっていることも、僭越《せんえつ》ながら言わせてもらいますね。晴都くんが発した、あの『泥棒』というフレーズです」

部長が頬杖《ほおづえ》を突いて言う。

「日本全国津々浦々の鬼遊びは、細かく分類していくとなんと二千種にものぼるんだそうですよ。それだけ古今東西の子どもに愛好されてきたってことですね。たとえば一人の鬼が多人数を追って捕まえるもの。色鬼や高鬼など、特定の条件を設定して鬼の行動を制限するもの。歌をともなうもの。缶蹴《け》りなど小物を使うものと、バリエーションはさまざまだ。

しかしどの鬼遊びでも、追う役と追われ役の呼称は対応しているか、もしくは追われ役は名無しであるのが常です。今回の遊び『あぶくたった』では鬼役をお化けと称するパターンが主流で、追うのはお化け、追われるのは名無しの子どもたちです。追う理由を判然とさせず怖さを煽《あお》ってはいるものの、世界観に混乱はありません」

彼はアイスコーヒーで唇を湿して、

「さて鬼遊びで泥棒云々《うんぬん》と言えば、『警泥《ケイドロ》』が真っ先に思い浮かびますよね。しかしこの遊戯でも泥棒を追うのはあくまで警官であって、鬼ではない。しかしあのとき晴都くんは言いました。『泥棒がいる――泥棒、泥棒。鬼が、来た』と。

ぼくの知る限り、鬼遊びにおいてこの手の世界観の乱れは珍しいんですよ。今回の依頼を受けて調べなおしてみましたが、やはり記憶のとおりでした。既存の鬼遊びにおいて、〝鬼が泥棒を追い、捕まえてこらしめる〟遊戯はありません。ごくローカルかオリジナルな遊びという可能性もありますが、子どもの発想力は自由なようでいて、役割分担には大人以上に石頭だったりしますからね。よしんば青葉保育園で生まれた遊びだったとしても、なにかしら元ネタがないとおかしい」

部長は背もたれに身を預けた。

「と前置きが長くなりましたが、伊東先生、『泥棒』の存在に心あたりはありませんか。たとえば園の事務所が荒らされただとか、園児たちの家で空き巣騒ぎがあったとか、もしくは——」

「あっ」

部長の言葉を、若菜の声がさえぎった。

「そういえば、あの、去年退園した子のお母さまが」

と言いかけて息を呑《の》む。

藍が先をうながした。

「どうぞつづけてください。告げ口みたいで気分が悪いでしょうが、非常事態です。手がかりになることなら、この際子どもたちのためになんでも教えていただかないと」

うながされて、若菜はふたたび口をひらいた。

「……じつは、保護者の中にですね、盗癖の疑いがあるお母さまがいらして……去年、退園騒ぎになったんです。お子さんは進級できていれば、晴都くんたちと同じく五歳児クラスになる子でした。できるだけ内々で処理しようとしたんですが、外部のかたも来るバザーで盗難があったり、あちらが弁護士を立てて乗りこんできたりで、あまりうまくいきませんで」

眉間《みけん》に深い皺《しわ》が寄る。

「おそらく子どもらにも、ある程度は知られたかと……」

「ちなみに去年の担任も、伊東先生でいらしたんですか？」

「いいえ。去年は三浦《みうら》先生という、わたしなんかよりずっとベテランの先生が受け持たれていました。でも育休中で、今年いっぱいお休みをとられています」

「育休中……うーん」

部長は天井を仰いでから、言った。

「伊東先生、すみませんが、その三浦先生にご連絡をとっていただけますか。『子育てでお忙しいでしょうが、十分――いや五分でいいから至急お話をうかがいたい』と。また子どもの首に、赤痣ができる前に解決しなきゃ」

5

三浦は三十代後半の、眼鏡が似合うふっくらした女性だった。

まだ生後一ヶ月だという赤ん坊を抱く手つきが堂に入っている。目を糸のように細める笑顔といい、柔らかい声といい、いかにもベテラン保育士といった雰囲気だ。

「すみません、育児でお忙しいのに押しかけてしまって」

森司がひとっ走りして買った手土産を差し出して、部長は丁重に頭を下げた。その後ろで藍、こよみ、森司も同じく畳に手を突く。

「いえいえ、いいんですよ。子育ては楽しいけど、赤んぼと二人っきりでいるとやっぱり大人とも話したくなってねえ。たまの来客は大歓迎」

ふふ、と三浦は笑った。

「ところで、例のかたについてお聞きになりたいとか。とうに退園されたはずですが、若ちゃん、まさかまだトラブルがつづいているの？」

と伊東若菜を見やる。若菜が顔を曇らせて、

「いえ、あのかたがはっきりどうした、というわけではないんです。ただ別件で問題が起こりまして、もし関係があるとしたら、三浦先生のお話をうかがいたいと……」

「歯切れが悪いのね」

三浦は首をかしげた。

部長が二人に割って入る。

「すみません、よろしければぼくからお話しさせていただきます。じつはですね、いま青葉保育園のすみれ組で妙な件が起こっていまして――」

かくかくしかじか、と説明する。

三浦は全員分の湯呑《ゆのみ》に茶を淹《い》れつつ、黙って耳を傾けていた。

聞き終えて、彼女は深く嘆息した。

「にわかには信じられない話だわね。いえ、疑ってるわけじゃないんですよ。でももしその動画データをここにお持ちでしたら、わたしにも見せてくれません？　あ、ちょっと待ってて。赤んぼを別室に寝かしつけてきますから」

彼女は立ちあがり、約五分後、やや旧式なノートパソコンを抱えて戻ってきた。

「やれやれ、すぐ寝てくれる子なのだけは助かりますわ。うちのDVDプレイヤーはUSB端子が付いてないので、こっちで観せてもらいますわね。忙しさにかまけて、中途半端にアナログな環境でお恥ずかしいです」

早口で言いながら、彼女は若菜の手からUSBメモリを受けとった。


「これは、また……」

動画を観終え、三浦はたっぷり一分近く絶句していた。

部長に顔を向け、低く言う。

「泥棒、ですか」

「はい。鬼が泥棒にのしかかり首を絞めて罰する。園児の心に〝例のかた〟とやらのトラウマが、なにかしら影を落としているのではないかと思いまして」

「いえ……トラウマになるほどの騒動は、子どもらには伝わっていないと思います」

三浦はこめかみを指で押さえた。

「そりゃあ、見苦しい場面もありましたよ。でも弁護士をまじえた話し合いは園長室でおこないましたし、あくまで大人だけの場で解決しました。もし親御さんから洩れ聞いたとしても、こんな暴力行為に発展するほどのことは……」

ないと思います、彼女は自信なさそうにつづけた。

「失礼ですが、盗癖があったとされるお母さまは、どんなものを盗まれたんですか」と藍。

「ほとんどはつまらないものです。髪を結ぶシュシュだとか、マフラーだとか、ハンドタオルだとか。三千円以上の品はひとつもなかったと記憶しています。裕福なお生まれのかたで、シュシュなんか簡単に買えるはずなんですよ。でも『いいな、欲しい』と一度思うと、我慢がきかなくなるんだそうです」

「典型的なクレプトマニアですね。金銭的価値は関係なく、あくまで衝動と満足感のために盗みをはたらく。盗品はすべて返却されましたか」

と部長が尋ねる。

「九割がた返ってきました。残りはあまりにつまらないもので、盗んですぐ捨ててしまったそうです。退園すると同時に隣市に引っ越されまして、いまはどうしているかもわかりません」

「とくにターゲットにされていた親子はいましたか」

「いなかった、と思います。特定の誰かに執着というのではなく、あくまで瞬間的に『欲しい』と思うかどうかのようでした」

「ふうむ」

部長が唸《うな》った。

「ではいったん盗癖のお母さまから離れましょうか。さきほどの動画を観て、三浦先生がなにか気づかれたことはありますか？　たとえば被加害者になった園児の家庭環境、成育環境、性格なども考慮した共通点――」

「共通点……」

三浦はしばし考えこんで、

「ああ、そういえば。つまらないことですが、ひとつだけ気になったことが」

と若菜を見あげた。

「ねえ若菜ちゃん、晴都くんと奈央《なお》ちゃん、二人ともあの服を着ているんじゃない？　ほら、例の〝足長おじさん〟からもらったっていう服よ」

途端に若菜が口を「あ」のかたちに開けた。

「足長おじさんとは？」

部長が問うと、若菜は慌てたように答えた。

「春先の話です。うちの保育園宛てに、匿名で段ボール詰めの服が送られてきたんです。五歳から八歳児向けの服が、開封こそされていましたけど、全部新品同様でぎっしり。園長もわたしたちもびっくりでした」

「ああ、一時期流行《はや》りましたよね。匿名で子どもたちにランドセルを寄付するってやつ」

森司が言った。藍も首肯して、

「正確に言えば『タイガーマスク』の伊達直人《だてなおと》だの、有名なキャラクターの名前で寄付するパターンね。当時『あしたのジョー』の矢吹丈《やぶきじょう》や、『ジョジョ』のスピードワゴン財団名義でも寄付があったのを覚えてるわ。ちなみに伊達直人と矢吹丈は孤児院出身で、スピードワゴンは貧民街出身の設定」

「でも今回の寄贈主は、孤児のための養護施設じゃなくて、青葉保育園宛てに送ってきたんですね。なぜ保育園なんでしょう」

　こよみが首をかしげた。

　部長はぬるいお茶を含んで、

「なぜだろうねえ。青葉保育園にゆかりの人だったか、もしくはランダムに送ってきたのか。ところで伊東先生、その奈央ちゃんというのは首を絞められていた子の名前ですか？」

「そうです。晴都くんに首を絞められたのが奈央ちゃん。言われてみれば確かに、晴都くんも奈央ちゃんも、あのとき寄付された服を着ています」

　若菜は頬に手をあてて、

「その服は基本的に、お着替え用に使わせてもらってるんです。子どもって、すぐ服を汚すでしょう？　汗も大人よりかくから、着替えはいくらあっても足りないんです。だから全部ありがたくいただいて……五歳から八歳児向けの服でしたから、五歳児クラス用に」

　彼女はふと三浦を見あげた。

「でもすみれ組だけじゃなく、さくら組でも使っていますよね？」

「うーん、それはどうかな」

三浦は額を掻《か》いた。

「ほら、知ってのとおり、さくら組の先生は潔癖症気味だから。口では『使わせていただきます』と言ったけど、たぶん使ってないんじゃないかなあ」

「あの、すみません」

森司が挙手して発言する。

「三浦先生は現在は産休および育休中なんですよね？　どうして春先に送られてきた段ボールの服をご存じなんですか」

「ああ、わたし出産直前まで、散歩がてら青葉保育園に毎日顔を出していたから」

と三浦は答えた。

「妊婦の運動不足はよくない、歩け歩けってお医者に言われてましたからね。それにフリーマーケットめぐりが趣味なもので、わたしも安い服を買って保育園にしょっちゅう持っていってたんです。替えの服を持たせてくれない親御さんが多くて、着替えが不足しがちなのは身に染みて知っていましたし。でもちいさい子のをつい優先して買ってしまうので、あのときもらった服はほんとうに助かったんですよ。それも安物じゃなく、ほとんどがブランド物でね」

「そうなんです。お着替えにするのはもったいないような服ばっかり」

と若菜も同意した。

「つかぬことをうかがいますが」とこよみが尋ねる。「その段ボールに貼ってあった宅配便のお届け伝票って、もう捨ててしまわれましたか」

答えたのは三浦だった。

「いいえ。普通の宅配便なら捨ててしまうけど、寄付に関しては別。その手の情報は全部、田鍋主任が保管しているはずです」

「では伊東先生、園に電話して伝票番号を訊《き》いてもらえませんか。三箇月以内に届いた荷物なら、番号検索すれば発送された営業所がわかるはずです」

「なるほど。こよみくん冴《さ》えてるね」

部長が指を鳴らした。

若菜はただちに田鍋へ連絡をとった。しばしののち、田鍋から画像データ付きのメールが送られてくる。伝票を、携帯電話のカメラで撮った画像であった。

「ゆうパックか。じゃあこの番号で検索してと。あ、出た出た」

液晶に表示された検索結果を部長が読みあげる。

「市内じゃないな。ええと、〝七軒町《しちけんちょう》郵便局、午前十時引き受け〟だ」

「七軒町？」

三浦が頓狂《とんきょう》な声をあげた。

「どうしました、心あたりがおありですか」

「心あたり、かも……。すみません、さっきの伝票の画像をわたしにも見せてもらえませんか」

とためらいがちに申し出た三浦は、液晶を見て覿面《てきめん》に呻《うめ》いた。

若菜を上目づかいに見あげて、

「若ちゃん、あの段ボールに入ってた服って全部、男の子用の服だったわよね。それもディオールとかフェンディとかハイブランドの」

と訊く。

「はい。園内のみの使用ですから男女の区別なく着せてますが、本来は男児用です。さっきも言ったように、お着替えにするのはもったいないような……」

「そうよね」

三浦は力なく若菜をさえぎった。

「ごめんなさい。いままで〝足長おじさん〟の正体なんか気にしてこなかったし、探ろうとも思わなかったから、頭の片隅にものぼらなかった」

黒沼部長の携帯電話に表示された伝票の画像を、三浦はあらためて指した。

「七軒町郵便局からの発送で、差出人の名が〝ホーマー・ウェルズ〟。これはジョン・アーヴィングの小説に出てくる、孤児院生まれのキャラクターの名です。このセンスといい筆跡といい、間違いないわ。……これはわたしの友人が送った品です」

6

赤ん坊を近所の義母に預け、三浦は藍が運転するフリードに同乗して、かの友人こと大江《おおえ》彩《あや》の自宅を訪れた。

彩は夫とともに、七軒町に建つマンションの四階に住んでいた。築年数こそ古いもののリフォームしたばかりのエントランスホールは、モダンな照明にいろどられて実際より倍も奥行き感を増している。

三浦が、四〇五号室のインターフォンを押した。

「彩？　わたしよ。うちの保育園に寄付してくれた、あの服のことだけれど」

と前置きなしにずばりと切りだす。

しばしの沈黙があった。

やがて「……ごめんなさい」と、か細い声がインターフォンから響いた。実質上、自白に等しい謝罪であった。

「お邪魔していい？　ちょっとだけ話を聞かせてほしいの」

「ごめんなさい」

「違うのよ。べつに責める目的で来たんじゃない。ただすこし、訊きたいことがあるっていうだけ」

インターフォンを切る。間を置かず、エントランスへつづくドアが開いた。

一同はエレベータで四階へあがり、廊下をたどって『大江』の表札がある部屋のチャイムを押した。

出迎えた彩はまず、来訪者の人数に目を見張った。だがとくに文句を言うことはなく、皆を室内へと招き入れた。

「旦那《だんな》さんは？」

「今日は仕事。……いないでくれてラッキーだったわ」

三浦と同い年だという大江彩は、実年齢よりだいぶ若く見えた。ゆるくお団子に結った髪のほつれ毛が、青ざめた頬にかかっている。ゆったりしたニットワンピースの腹部はせりあがって、どうやら妊娠中期のようだ。

通されたリヴィングには低い本棚があり、背表紙にはジョン・アーヴィングやカート・ヴォネガットの名が並んでいた。

「ねえ彩、あんた妊娠してからフリマについて、わたしに何度かメールで尋ねてきたわよね」

すすめられたソファに座りながら、三浦が言う。

「先輩ママだし、フリマによく通っていてくわしいだろうから教えてくれって。ハイブランド服の出品者というのはどれくらいいるのかとも訊いてきた。あのときは、てっきり買う側としての質問だと思ってたけれど」

「そうよ、訊いたわ」

平たい声で彩が言った。コーヒーポットをカップに傾けて、

「そしたらあなたが言ったのよ。『質のいい子ども服は親戚《しんせき》におさがりする人が多いから、フリマ市場には滅多に出ないから、出たとしてもすぐ売れちゃう。園はお着替えがいくらあっても足りないから、狙ってるのに』って」

「だから寄付してくれたの？　だったら匿名なんかで送らず、直接連絡してくれればよかったじゃない」

「そうですよ。あんなにたくさんの新品同様の服、大助かりでした」

三浦の言葉に、若菜が加勢した。

彩は答えず、機械的に人数分のコーヒーカップをテーブルへ置いた。そしてラグマットへ横座りになると、低く告げた。

「——あれはね、全部、お義姉《ねえ》さんから押しつけられた服よ」

「お義姉さん？」

若菜が問いかえす。だが三浦は事情を多少知っているらしく、なにも言わなかった。

彩はつづけた。

「夫の兄の奥さん。真結子《まゆこ》さんていって、きれいな人なんです。二年前までは、もっときれいでしたけれど」

黒沼部長が質問しかけ、口を閉じるのが森司にもわかった。

沈黙が落ちる。

森司はその横で無言でコーヒーを啜《すす》った。やや濃すぎるが、美味《うま》いコーヒーだった。

「……四月上旬に、妊娠検査薬で陽性が出たの」

やがて彩が、つぶやくように言った。

「嬉《うれ》しかったわ。だから安定期になるのを待たず、両親にも義父母にも連絡した。そのときは夫もわたしも、幸せ一色で深く考えなかったのよ。……二年前に、義兄《あに》夫婦が一人息子を事故で亡くしたことは知ってた。でも義父母がうちの妊娠を、すぐさま義兄夫婦に話してしまうなんて想像しなかったの」

義姉《あね》の真結子さんが訪ねてきたのは、その二日後――と彩は言った。

開口一番、真結子は言いはなったのだという。

――妊娠してくれてありがとう。きっとうちの航太《こうた》の生まれ変わりよ！

航太とは、義兄夫婦の息子の名だ。四歳半の可愛い盛りで、暴走車に撥《は》ねられるという不幸に見舞われた子だった。

彩は思わずその場に立ちすくんだ。

真結子は彼女の両肩を摑《つか》むと、奇妙にぎらつく目でまくしたてた。

――ぜったい男の子に決まってるわ。彩さん、大丈夫よ、ベビー服もベビーベッドも全部うちで買ってあげる。もっと先の服も――そうそう、ランドセルや学習机だって買ってあるのよ。ああ楽しみ。早く生まれてこないかしら。航太のことだもの、きっとすぐに大きくなるわ。ありがとう彩さん、ほんとうにありがとう。

「……怖かった」

カップを握りしめて、彩は呻いた。

「真結子さんが、〝航太くんが生きていたら必要だっただろうもの〟を買いつづけているのは、義母伝いに聞いてた。満五歳で祝うつもりだった七五三の袴《はかま》を筆頭に、ランドセル、学習机、入学式用のスーツ、体操着、教科書、野球のグローブ、年齢ごとのスニーカーや洋服、ゲーム機まで。航太くんのための子ども部屋をつくって、まるでまだあの子が生きているみたいに飾りつづけてる、って」

でもまさか、うちに執着してくるとは思わなかった、と彩はうつむいた。

「失礼ですが、義兄ご夫婦に第二子のご予定は」

黒沼部長が口をひらいた。

彩が首を振る。

「真結子さんは航太くんを産んだあと、病気で子宮を摘出して……。もう、子どもは望めないんだそうです」

「ああ」

部長と藍が、声を揃えて呻いた。

「真結子さんを、お気の毒だとは思います。でもわたしの子はわたしの子であって、生まれ変わりだとかそんな――そんなふうに言ってほしくないんです。なのに、誰もわかってくれなくて」

　カップを包んだ、彩の両手は震えていた。

「夫も義父母も義兄も、みんな真結子さんの味方なんだもの。わたしが向こうの申し出を断わったら、『もらってあげるぐらい、いいじゃないか』、『思いやりがない』って。『真結子がかわいそうだと思わないのか』って――。思うわよ、思うけど、それとこれとは全然別の問題じゃない」

「まったくです」

　藍が憤然と言う。

「赤ちゃんがお腹にいるうちから、生まれ変わりだなんだって騒ぐなんて。お子さんを亡くされたのは確かにお気の毒ですけど、だからってよその母子関係に割って入っていいわけじゃないわ」

「ありがとう」

　彩は涙ぐんでいた。

「夫も、そう思ってくれればいいのに。でも義兄から『妻の望むとおりにしてやってくれ』と連絡があったようで、あの人ったらそれを、そのままわたしに伝えてくるんです」

　――そういうわけだから、頼むよ。

　こともなげに夫に言われ、彩は呆然《ぼうぜん》とした。

──頼むってどういうこと。真結子さんの言うなりになれってこと。

──言いなりって、いちいち大げさだなあ。身内が子育てに協力してくれるのは、ありがたいことじゃないか。

──だって……。だって、不安なのよ。まだ産んでもいないうちから、この子を取られちゃいそうで。

──はは、考えすぎだよ。マタニティブルーってやつか？

彩は言葉を失い、黙りこんだ。その手もとでメールの着信音が鳴った。

送信者を見て、彼女はぞくりとした。

義姉の真結子であった。

──彩さん、お腹は張ってない？　痛みはない？　なにかあったらいつでも電話してね。早朝でも夜中でもいいから電話してね。どんなつまらないことでも逐一報告して。わたしは育児の先輩だから、なんでも答えてあげられるわ。だから頼ってね。お腹の子になにかあったら大変だもの。みんなで育てましょうね。実家に里帰り出産なんかしなくていいわよ。お義母さんもわたしもいるわ。人手は足りているもの。大丈夫よ、わたしがなにもかも全部、面倒をみてあげるからね。

と改行なしの長文が、液晶をぎっしりと黒く埋めていた。

彩は思わず震えた。しかしそのメールを夫に見せても、

──やっぱり優しい人じゃないか。生まれる前からみんなに可愛がられて、うちの子

はほんとに幸せ者だなあ。

　と言うだけだった。

「……誰も味方がいない、と思いました」

　肩を落とす彩を、森司は啞然《あぜん》と見守った。

　これはひどい。けして自分も女心の機微に敏《さと》いほうではないが、このケースはさすがに夫が鈍感すぎる。よく言えば性善説主義者で楽観的なのだろうが、もうちょっと妻の気持ちに寄り添ってやれと言いたくなる。

「例の寄付の服は、つまりお義姉さんが航太くんのために買ったものなんですね」

　若菜がそっと声をかけた。

　彩はうなずいた。

「そうです。はっきり断われないうちに、否応《いやおう》なしに運びこまれてしまって……。いまも残りの服が、納戸に積みあげてあります。目に入るたび、どうしようもなく気持ちが沈みました。こんなふうに思うなんて、自分は人でなしだと思うんです。でもやっぱり、生まれてくる我が子に着せたいとは思えなくて――。ストレスでお腹は張るし、血圧が上がって、何度もお医者さまに注意されました」

「だから三浦さんにフリマについて訊《き》いてみたんですね。いっそ売ってしまえないか、と」

　部長が言った。

「ええ。空き巣にでも入られたことにして、全部売りとばせないかと思ったんです。最初はネットオークションを考えました。でもやりとりが夫にばれる危険性が高いので、やめたんです。直接売るほうが、まだ足が付かないかと思って」

「相談してくれればよかったのに」

三浦が眉根《まゆね》を寄せる。彩は首を振った。

「言えなかったの。だって実母にさえ……、それとなく打ちあけたら、『よかったわね』って言われたんだもの。おさがりがもらえる上、お義姉《ねえ》さんも喜ばせてあげられてよかったわね、って。だから、誰にも言えなかった。相談したところで、お説教されるか笑いとばされるかだと思ったの」

彩は顔をあげ、三浦を見つめた。

「でも、あなたは言ってくれたわ。『園はお着替えがいくらあっても足りない』って。あの言葉ではっとしたの。そうだ、売るより寄付すればいいんだ、って。それならまだしも、いいことをしたんだと思える。だから様子見にと、とりあえず一番上に積んであった箱をあなたの勤務先に送ったのよ」

「箱が減っていると、旦那《だんな》さんは気づきませんでしたか」と部長。

「全然。段ボールが一個減っていようが二個減っていようが、あの人は気にもとめません。全部なくなればさすがに気づくでしょうから、そうなったら『空き巣にやられた』と言おうと思ってました。彼の大らかなところが好きで結婚したんですけれど……いまとなれば、複雑な思いしかありませんね」

頬を引き攣《つ》らせて彩は笑った。

「すみません。残りの服を、よろしければ見せてもらえませんか」

部長が言った。

「信じがたい話でしょうが、寄付された服を着た子どもたちに、よくない影響が出ているようなんです。いや、三浦先生も言ったとおり、あなたを責めるつもりで来たわけじゃありませんよ。ただ原因を究明したくて――」

「納戸にあります」

彩は投げやりに告げた。

「見るなり売るなり捨てるなり、お好きにどうぞ。なんなら全部持っていってくれてかまいません。あなたがたのほうが、しがらみがないぶん簡単に処分できるでしょう」

そう言いながら、立ちあがる。

納戸は水まわりの隣に在る、三畳ほどのスペースだった。明かりとりの窓があるだけで、昼でも薄暗い。

くだんの段ボールは雑多な箱に混じって、左側の手前に積み重ねてあった。ぱっと見だけでも六、七個はあるようだ。

許しを得て開けると、真っ先に目に入ったのは羽織袴《はおりはかま》だった。おそらく七五三用だろう。袴をどけると、次いで未使用のランドセルがあらわれた。よくある黒ではなく、つや消しの洒落《しゃれ》たモスグリーンである。

「どう？　八神くん」

いまいる部員の中で、唯一霊感のある森司に部長が問う。

森司は顔をしかめて、

「います。――子どもです」

と言った。

「半袖半《はんそで》ズボンの四、五歳の男の子が、ランドセルの上に這《は》いつくばってる。怒ってるようで、こっちを睨《にら》んでます。あの、あんまりよくないやつです、これ」

「なについて怒ってるかはわかる？」

「いえ、そこまでは……。でも、おれたちに悪さする気はないみたいだな。さっき一瞬だけ目が合っちゃって、しまったと思ったんですが、睨んでくるだけです。無差別に、どうこうするたぐいのやつではなさそうだ」

段ボールから目をそらしながら森司は言った。

男児はぼんやりとした輪郭に、両の眼ばかりがぎょろぎょろと光っていた。鼻や口の位置すらさだかでないが、双眸《そうぼう》にははっきりと憤怒の色が見てとれる。

部長が前髪をかきあげて、

「無差別でないなら、恨みもしくは祟《たた》りはなんらかの条件下で発動するのかな。じゃあやっぱり〝彼の服を着る〟もしくは〝彼のものを横取りする〟のが駄目なのか」

「かもしれません」

うなずいた森司に、藍が首をかしげる。

「自分のものを他人に渡すのがいやなのね。じゃあ自分の母親のことはどう思ってるのかしら。彩さんに服も靴もランドセルもあげてしまったのは、彼女でしょう。真結子さんは恨みの対象にならないの？」

「そこは、なんとも言いきれないと思います」

森司は答えた。

「おれが知る限り彼らは一点特化というか……執着する人、モノ、事象にしか反応しないケースが多い。生きてる人間のようにあれもこれも、なんて考えたりしません。部長の言う〝発動条件〟もさまざまで、若い女だけがターゲットにされたり、さらに若い女の中でも妊婦に絞られたり、なんてのはざらです」

「そっか。なら航太くんが〝発動〟するのは彼の所有権を侵した子どものみ、と考えていいのかしら」

藍が部長を見やる。

「だとしたら話は簡単よね。彩さんが青葉保育園に寄付した服を回収して、全部お義姉さんに返せばいいんだから」

「でもいったんあげたものを、あちらがおとなしく受けとるでしょうか」とこよみ。

「レンタル倉庫でも借りて、しまっておくしかないかもね。でもまずは園児を守るのが最優先でしょう。あとの処遇は、おいおい考えてもいいんじゃない」

「うん。服の全回収は真っ先にやらなきゃいけないことだ。そこはぼくも同意」

部長は眼鏡を押しあげ、彩を振りかえった。

「ところでつかぬことをうかがいますが、子どもの頃『あぶくたった』という遊びをされた記憶はありますか？『あーぶくたった、煮えたった。煮えたかどうだか食べてみよう』という歌付きの」

「いいえ」

戸惑い顔で、彩は首を振った。

「なんですか、それ？」

「いや、ご存じないならいいんです」

部長は手を振って微笑した。

「さて、航太くんが通っていた保育園か幼稚園では、この鬼遊びを教えていたのかなあ」

7

藍はフリードで三浦を自宅まで、若菜を駅まで送り届けたあと、雪越大学に向かってハンドルを切った。

要望どおり正門前で部長、森司、こよみを降ろし、

「じゃあまた明日。なにかあったらメールかＬＩＮＥして」

と言い置き、颯爽《さっそう》と去っていく。部長は手を振ってフリードのリアスタイルを見送ったのち、

「さてと。ぼくは部室に戻って泉水ちゃんを待つけど、二人はどうする？」

と森司とこよみへ向きなおった。

「いつの間にかいい時間になっちゃったし、ここで解散にしとく？」

言われてみれば、空はすっかり西日の茜《あかね》いろに染まっている。

二箇月前まではこの色みの空は夕方だったが、携帯電話で時刻を確認すると、すでに午後七時を過ぎていた。冬が長い雪国の人間は、どうも体に夏時間が馴染《なじ》まなくて困る。

「おれは腹も減りましたし、ここで」

森司が言うと「ではわたしも」とこよみがつづいた。

いつもの軽い足取りで部室に向かう部長を、二人でなんとなく見届け、やがて、ふっと目を見交わす。

気まずい沈黙を、けたたましい蟬の声が割いていった。

湿気まみれの空気が、二人の頰に、髪に絡みつく。

「あの……」

森司はおずおずと切りだした。

瞳である。

「はい」

長い睫毛《まつげ》に縁どられた、漆黒の大きな瞳《ひとみ》が見あげてくる。近視特有の、濡《ぬ》れたような

やっぱり今日もこよみちゃんは可愛い。文句なしに美しい。――いやそうじゃなくて、

いまはそんなことを言ってる場合じゃなくて、だ。

ごくりと喉仏《のどぼとけ》を動かし、森司は問うた。

「お、怒ってる、か?」

「え」

こよみが詰まるのがわかった。

いかん、と森司は思った。いかん、ここで怯《ひる》んでは話がつづけられなくなる。頑張れおれ。そうだ、おれは去年までのおれとは違う。ここで笑ってごまかしたり、引きさがったりはしないんだ――。

覚悟を決めて、森司は言った。

「あの、こないだ、堺さんが変なこと言ってただろ。だからその、もしかして灘は、おれに怒ってるんじゃないかなって」

「まさか」

こよみが瞠目《どうもく》した。

「あの――、灘」

「どうしてわたしが、先輩に怒るんですか」

本心から驚いている表情であり、声音だった。

もともとこよみは嘘や演技が得意なほうではない。森司の張りつめていた気が、途端にしゅるしゅると音を立ててしぼんでいった。

「あ。ああ——、そう」

安堵《あんど》した。と同時に、同じだけ落胆した。

そうだよな、と自分に言い聞かす。そうだよ、べつにおれに彼女がいようがいまいが、こよみちゃんに関係ないもんな。

でも最近なんとなくうまくいってる感じだったから、つい身分不相応にも自惚《うぬぼ》れてしまった。だが、うん、これが現実だ。身のほどを知れてよかった。おまけに彼女が気分を害してないんだから二重によかった。めでたい。一件落着、万々歳だ。

「そうか、いや、ならいいんだ。……でもほんと誤解だからな。彼女なんていないし、できてないんだから」

往生際悪く、つい念を押してしまう。

こよみが真顔でうなずいた。

「はい」

ちょうど来たバスが、速度を落としながら数メートル先のバス停に停《せ》まる。ドアが開いて、数人の学生が降りてきた。オレンジのウインカーが、乗客を急かすように点滅している。

「先輩、じゃあわたし、これで」こよみがきびすを返しかけた。

考える間もなく、

「灘！」

と森司は彼女の腕を摑《つか》んでいた。二人の間で、空気が止まる。

「わ——和洋中、今日は？」

こよみが目をしばたたいた。

森司は無言で答えをうながした。ややあって、こよみの唇がひらく。

「ローテーションで……洋、です」

「そっか、行こう！　よし行こう！」

腕を摑んだまま、森司は歩きだした。背後でバスの扉が閉まり、発進するのがわかった。

信号機が奏でる機械的な『とおりゃんせ』を聴きながら、森司はただ無心に、店に向かって歩きつづけた。


数分後、二人が着いたのは何度かランチに来たことのある、トルコライスが名物の洋食屋であった。夜に来るのははじめてだが、戸口前に置かれたブラックボードによれば、今夜はビールの最初の一杯が半額らしい。

「あの、先輩……」

肩下から声がした。

「着きましたから。手、もう大丈夫ですから」

「え、あっ」

慌てて森司は手を放した。そういえばまだ、こよみの腕を摑んだままだった。

「ご、ごめん。痛くなかったか」

「平気です」

こよみはうなずいて、「入りましょうか」とドアを指さした。

店内はすでに半分ほど席が埋まっていた。

メニューと黒板を交互に眺めていると、前回もオーダーをとりに来た女性店員が寄ってきた。二人を見て「あら」という顔で会釈する。客商売だけあって、さすが顔を覚えるのは得意らしい。

せっかく半額なのだからと森司はビールにし、こよみはノンアルコールのライムソーダを頼んだ。

「こうしてメニュー見ると、あらためて夏って感じするな」

「〝スパイシー〟とか〝夏野菜〟とか〝冷製〟とか、いかにもなワード満載ですね」

と、あたりさわりのない会話を交わしているとビールが届いた。

かるく「乾杯」とグラスを打ちあわせ、森司は一気に生ビールを呷《あお》った。申し分なく冷えた苦い炭酸が、喉《のど》から胃へ一直線に落ちていく。

わざとだった。今夜はすこし酔ってからでないと、思いきった質問ができそうにない。半分近くにまで減ったグラスを置いて、森司は居住まいを正した。

「灘」

「はい」

「何度も同じことを訊《き》いて、申しわけないとは思う。でもやっぱり、こないだの——」

「あのう、ちょっとよろしいですかあ」

突然、能天気な声が割りこんだ。

勢いこんでいた森司の肩ががくっと落ちる。なんだよ肝心なときに、と彼は顔をあげた。眼前に立っていたのはスーツ姿の中年女性と、ごついカメラを抱えた男性の二人組であった。

「すみません、わたくしども『月刊シティスケープ』の者です。ご存じでいらっしゃいますでしょうかあ」

「ああはい、あのタウン誌の」

「ご存じでしたらお話が早いですう。来月号の『街で見かけたお洒落《しゃれ》さん特集』のために、ぜひお二人のお写真を撮らせてもらえないかと思いましてえ」

「へっ」

森司は固まった。

いやなぜそんな企画におれが。生まれてこのかた、お洒落さんなんて言われた記憶は一度もないぞ。たまたま美少女と一緒だから目立ってしまったのか、そうなのか。だとしても、なんでおれまでが写真を。

頭上にクエスチョンマークを浮かべて戸惑う森司の正面で、こよみが気の抜けた声を発する。

「ああ、はい……」

スーツの女性が得たりと微笑んだ。

その向かいで森司はさらに困惑し、うろたえるほかなかった。

――どうした、こよみちゃん。

いつもの彼女ならば、この手の申し出など言下に断わるはずだ。やっぱりおかしい。常の彼女ではない。心なしか表情すら、うわのそらに見える。

だが狼狽《ろうばい》する森司には頓着《とんちゃく》なく、カメラマンは角度を変えては二人のテーブルを十枚ほど撮影した。記者はといえば、矢継ぎ早に好きなブランドや行きつけの美容院を尋ね、やがて礼を言って離れていった。

あとにはぐったりと背もたれに寄りかかる森司が残された。

疲れた。わずか数分で、これほど疲労困憊《こんぱい》するとは思わなかった。嵐に突然見まわれ、突然去られた気分である。

「――すみません、先輩」

こよみが蚊の鳴くような声で言った。

「ぼーっとしていて、つい『はい』って言っちゃいました。ほんとうにすみません……」

「あ、いや。ええと、いい経験になったよ」

森司は急いで手を振った。

ふとテーブルにグラスが置かれた。おかわりの生ビールだ。はて頼んでいないはずだが、と訝《いぶか》ると、さっきの女性店員が「お疲れさまです。サーヴィスです」と白い歯を見せてから去っていった。

森司はありがたく新たなグラスに唇を付けた。乾ききった口中を炭酸で潤し、あらためてこよみを上目づかいに見やる。

「あ――あのさ、灘」

「はい」

「さっきの話だけど……お、怒ってないの。ほんとうに？」

「怒ってません」

ふたたびこよみが目を見ひらく。きょとん、という擬音を具現化したような表情だ。

「だって、先輩はなにも悪いことしてないでしょう」

歯切れよく断言され、

「そ、そうか」と森司は今度こそ引き下がった。

――うんそうか、でも。

「なにか食うもん頼もうか。メニュー見る？　あ、そっちにもあるか、うん」

――でも怒ってないなら、なんできみはそんな眼をしてるんだ？

その問いは結局訊けないまま、初夏の夜は更けていった。

8

彩の義姉《あね》こと大江真結子は、夫と義父母とともに、新興住宅街の二世帯住宅に住んでいた。段違いの屋根が独特な傾斜を描く和風の家だが、木製の片引き戸といい丸窓といい、若夫婦向きのモダンな造りであった。

まずはフリードと泉水のクラウンを、近くの有料駐車場へ駐《と》める。

「今日は日曜だからね、真結子さんの旦那《だんな》さんも義父母も在宅らしい。というわけで、ここは彩さんと伊東先生だけで行ってもらおうか。先生のバッグに超小型ＣＣＤカメラを仕込ませてもらって、ぼくらは車内で実況中継を観るとしよう」

了承した彩と若菜が車を降り、大江家へと向かう。

残るオカ研六人はフリードに集まって、モニタとなる部長のノートパソコンのまわりに集まった。

「お、中に入っていった」

部長が嬉《うれ》しそうに揉《も》み手する。

縦二センチ横二センチの極小カメラながら、映りは悪くないようだ。若菜がバッグを胸に抱えてしっかりと固定しているおかげか、揺れもほとんど感じない。

「ようこそ、いらっしゃいませ」

彩たちを玄関まで出迎えてくれたのは、四十前後の女性と初老の女性の二人であった。前者が真結子で、後者が彼女の姑《しゅうとめ》にあたる篤子《あつこ》だろう。どちらもいまだ美しさを保っており、物腰に品があった。

和室の居間へ案内される。

彩たちが座卓の前へ正座するのがわかった。向かいの上座に男が座っている。年頃からして、おそらく真結子の夫だ。舅《しゅうと》は外出中なのか姿が見えない。

「伊東さん、はじめまして。なんでも保育園の先生でいらっしゃるとか」

真結子が満面の笑みで言う。

「うちの航太は幼稚園でしたけれど、一歳、二歳のお子さんがいるというのもいいですわね。子どもに囲まれて仕事ができるなんてうらやましいです。でも彩さん、保育園でなくて我が家に預けてくれて一向にかまわないのよ？」

柔らかな口調と、完璧《かんぺき》な微笑みだ。しかしモニタ越しにも、森司は思わずつばを飲みこまずにはいられなかった。空気に重い緊張が走る。

「あの、じつはですね」

彩がかすれ声で切りだした。

「先日いただいた、お洋服の件なんですが――」

「ああ！　どうだった、気に入ってくれた？」

真結子の声が唐突に弾んだ。トーンが跳ねあがり、笑みがさらに大きくなる。歯並びのよすぎる歯列があらわになる。

「買ってからすこし年月は経っているけど、どれもいいものなのよ。子どもにはお金と手間を惜しんじゃ駄目よね。親の愛情の多寡が、そのまま成育に反映されるものなのよ。手をかければかけただけ、必ず子どもは応《こた》えてくれるわ。航太がそうだった。あの子はほんとうに、ほんとうにいい子でね」

「ええ、そうね」

同意しつつ、姑の篤子がやんわりと彼女を制止した。真結子がおかしいことを、姑は充分に心得ているらしい。さりげなく彩に目くばせしてくる。

一方、真結子の夫は無言で茶を啜《すす》っているきりだ。

「彩さん、生まれたらすぐに連絡してね。新生児用のお洋服、一緒に買いに行きましょうね。そういえばベビーカーの素敵なのを見つけたのよ。カタログもお取り寄せしてあるの。輸入品でね、デザインも凝っていてお薦めよ」

憂い顔の姑を後目《しりめ》に、真結子が浮き浮きと言う。

そんな彼女の正面で膝《ひざ》を正し、意を決して口を挟んだのは、伊東若菜だった。

「あの――じ、じつは」

一瞬つかえたが、つづく言葉を一気に言いはなつ。

「じつは、あのお洋服、うちの保育園に寄付していただいたんです」

室内が凍りついた。

若菜はさらに声を押し出した。

「うちの保育園、に、彩さんから――……」

語尾が力なく消え入った。

居間を沈黙が覆う。

この場にいなくてよかった、と森司は心から思った。自分ごときにはとうてい耐えきれぬ静寂と圧力だ。かたわらの藍も鈴木も同じ気持ちらしく、息を詰めている。

「……まあ」

長い静寂ののち、真結子が嘆息した。

「じゃあ、さっそく子どもたちが着てくれてるのね。よかったあ」

明るい声だった。

張り詰めていた空気が、一気に弛緩《しかん》した。

紫檀《したん》の座卓越しに姑は目を見ひらき、夫はぽかんと口を開けている。彩も完全に予想外だったようで、唖然《あぜん》としていた。

そんな彼らを後目に、真結子がつづける。

「よかったわあ、役に立って。そうね、彩さんの赤ちゃんに着せるにはまだ早いものね。ねえ子どもたちは気に入ってくれてる？　ちゃんと着てくれてる？　どの服が人気あるの？　航太はね、ブルー系が好きだったのよ。トップスと靴をブルーで揃えるとご機嫌で、雨の日でもお散歩に行きたがってね」

「伊東先生」

部長が小声で、若菜の耳に隠したワイヤレスフォンに呼びかけた。

「真結子さんに動画を見せてあげてもらえますか。DVDプレイヤーで観られるファイルに変換してあります。お昼寝の箇所じゃなく、園庭で遊んでいるあたりさわりのないシーンを選んで再生してください」

言われたとおり「よろしかったら、ご覧になられますか」と若菜が申し出ると、真結子は一も二もなく飛びついた。

ファイルを選び、再生する。

四十三インチの画面に、遊具ではしゃぐ園児たちが映しだされる。

真結子が口を両掌で覆った。その瞳《ひとみ》がみるみる涙で潤んでいった。

「ああ」彼女は呻《うめ》いた。

「ああ――すごい。こんなにたくさんの子が。こんなに、航太の服を着てくれて。よかった。まるで航太がいっぱいいるみたい。あの子が生きて、笑っているみたい――。ほんとうに、よかった――……」

あとは言葉にならなかった。

彼女は畳に突っ伏し、嗚咽《おえつ》した。肩が、背が、大きく揺れている。

「ええ、よかったわね。よかった」

姑の篤子が、声を詰まらせて言った。手を伸ばし、そっと真結子の背を撫《な》でる。真結子の夫はといえば、どうしていいかわからぬ様子で、妻と母をただ見比べている。

「本日は、どうもありがとうございます」

篤子が指で目じりを拭《ぬぐ》い、若菜に向かって微笑んだ。

「彩さんも、すまなかったわね、ありがとう。でも大丈夫よ、あとは真結子さんを癒《いや》せるのは時間だけ。彼女が完全に立ち直るまで、わたしたちが見守っていますから」

洟《はな》を啜り、息子の嫁を見下ろす。

「やっと泣けたのね、真結子さん。……この様子なら、思ったより回復は早いかもしれないわ」

居間に、真結子の啼泣《ていきゅう》が響く。彩も若菜も、同じく目を赤くしていた。


一方、フリードの車内では、オカ研の部員たちがモニタを食い入るように見つめていた。黒沼部長が振りむかずに問う。

「――どうかな、泉水ちゃん、八神くん、鈴木くん。例の男の子はいまモニタに映ってる？　きみたちの眼にはどこにいて、どんな様子に視える？」

「おれには、表情までは視えません」

森司が答えた。

「でも、怒っているのはわかります。部屋の隅に……お母さんの、真結子さんの真後ろに座ってる。前に視たときより、もっと怒ってます」

「おれも同感です。真結子さんが動画を観て『よかった』と言ったあたりから、はっきり怒りだした。画面越しにもおっかないくらいですわ。つくづく、あの場に行かんでよかったです」と鈴木。

「ほかの子が着てるのを見て喜ぶなんて、母親に裏切られたと思ったのかしら」

藍のつぶやきに、「いや」と泉水が首を振った。

「裏切られたってのとは、ちょっと違うな。あまり嬉《うれ》しかねえが、この中じゃおれが一番あの子と〝波長が合う〟ようだ。――こりゃあ、あらためて全員で作戦を練ったほうがいいな。本家、先生たちを早めにこっちへ呼び戻してくれ」

9

「ごめんなさい。今日は疲れちゃって……一人になりたいの。申しわけないけれど、あなた、一階で寝《やす》んでもらえます？」

泣き腫《は》らした目の真結子にそう言われ、夫は黙ってうなずいた。

大江家の二世帯住宅は世帯完全分離タイプで、玄関は二つ、一階の親世帯と二階の子世帯それぞれにキッチン、トイレ、浴室を設け、階段前に設置したぶ厚いドアで境界を区切っている。

しかし航太が生まれ、歩くようになってからというもの、そのドアが施錠されることはほとんどなかった。

航太が自由に行き来できるようドアにはストッパーが付けられ、夕飯も全員でとるのが慣例になった。その習慣はいまだにつづいていた。航太がいなくなっても、まだ。

だがその日の真結子は、夕食を断わって二階に戻った。

浴槽に湯を溜《た》めるか迷い、結局やめた。夫は両親とともに一階で風呂《ふろ》を済ませてくれるだろう。今夜は一秒でも早くベッドに入りたかった。

洗面所に立つ。

化粧の剝《は》げた、くたびれた顔の女が鏡に映っていた。

メイク落としコットンで顔を拭《ふ》くと、目の下の濃い隈《くま》が露《あら》わになった。額と顎《あご》はこまかい吹き出物だらけだ。瞳が濁り、白目は血走っている。

——それでも今日は、いいことがあった。

こう思えるのは久しぶりだ。子どもの笑顔や歓声に触れただけで、こんなにも心が癒されるとは思わなかった。

いままではむしろ避けていたのだ。うちの子が死んだのに、なぜよその子たちは平気で笑っているの。歌い、はしゃぎ、あたりまえのように成長していくの――。そんなふうに思いたくなくて、テレビの子供番組もネットの動画も、この二年間なるべく目に入れぬようにしていた。

心境が変わったのは、彩の妊娠を知ってからだ。

正直、自分でも意外だった。自分が産んだのではない子の存在を、こんなに喜ばしく思える日が来るとは思わなかった。

――お義母《かあ》さんの言うとおり、あとは時間が癒してくれるのかもしれないわ。

パジャマに着替え、真結子は寝室へ戻った。

室内は冷房がよく効いていた。街灯の明かりがカーテンの隙間から、床へ仄白《ほのじろ》く長い筋を落としている。夫婦のツインベッドの向こうで、育ちすぎてしまったパキラの鉢が所在なさそうだ。

そうだ、模様替えをしよう、と真結子は思った。

夫の許しが出れば、明日すぐにでもだ。厚ぼったいカーテンを薄手に替えて、ベッドカバーも新調しよう。そういえば今日来た伊東先生のスカートが、エスニックな柄で素敵だった。夏に向けて、アジアンテイストに一新するのもいいかもしれない。

そう考えると、急に気持ちが浮き立ってきた。真結子は笑みさえ浮かべ、自分のベッドにもぐりこんだ。

掛け布団を顎下まで引きあげる。目を閉じる。

数分としないうち、彼女は規則正しい寝息をたてはじめた。寝室に、穏やかな静寂が満ちる。時計の長針が半周する間、その静寂は破られなかった。

ふと、床に描かれた光の筋が黒く滲《にじ》みはじめた。

次第に侵蝕《しんしょく》されていく。白がかき消されていく。

扉は閉ざされていた。窓も閉まっていた。

しかし黒い靄《もや》は、扉と床のわずかな隙間から、薄墨を流すように這《は》い入りつつあった。

真結子が起きる気配はない。

黒い靄は揺らめき、蠢《うごめ》きながらベッドに向かって這っていた。掛け布団の端が、黒くぼやける。

そこからの動きは素早かった。靄は蛇のごとくベッドを爬行《はこう》した。布団越しに真結子の脛《すね》から腹をなぞり、腹から胸を舐《な》めるように這いのぼった。

靄の先端が、真結子の首に達しかけた刹那《せつな》。

夫側のベッドから、黒い影が跳ねあがった。

影は靄に向かい、まっすぐに人差し指を突きつけた。

影は——森司は言った。

「——泥棒」

間を置かず、つづけて怒鳴る。

「泥棒！　鬼が来た、泥棒！」

靄が大きく揺れた。

黒い靄の中に、森司は光る一対の瞳が浮きあがるのを見た。あの眼だ。モスグリーンのランドセルの上で、四つん這いにうずくまっていた男児の双眸《そうぼう》。

靄はさらに身をもがくように攀《よ》じれ、捩《ね》じれながら一瞬、人の顔をとった。だが男児ではなかった。もっと年老いた、疲れた顔だった。

どろり、と靄が溶け崩れた。

靄はふたたび形を失い、ベッドから床へ逃れた。

身をくねらせながら、床を這いずっていく。

造りつけのクロゼットが開き、男が二人転げ出た。黒沼部長と泉水であった。

部長が叫んだ。

「階下に逃げる、追おう！」

今日の夕刻、部長は彩に口添えしてもらって真結子を説得し、子世帯の玄関から泉水と森司ともども招き入れてもらったのだ。彼らは寝室にひそみ、靄の襲撃を待った。泉水は長身すぎるため、夫のベッドに隠れる役は森司に任された。

真結子を連れて、彼らは階段を駆け下りた。二世帯の仕切りとなっているドアを越え、一階へと降り立つ。

廊下の奥から、悲鳴と複数の声が聞こえた。

篤子の悲鳴だ。重なって聞こえるのは、真結子の夫と舅《しゅうと》の声だろう。

部長にうながされ、真結子が先頭を走る。明かりの洩《も》れる障子戸を開け、真結子は声をあげた。

「お義母さん！」

ＣＣＤカメラの映像でも観た居間が、そこにあった。

点《つ》けっぱなしのテレビがけたたましい笑い声を響かせている。紫檀《したん》の座卓が斜めに大きくずれ、仰向けに倒れていたのは姑《しゅうとめ》の篤子だった。

両脇にひかえた真結子の夫と舅が、困惑もあらわに森司たちを見あげる。

「なんだきみたち――だ、誰、どこから――」

「説明はあとよ」

きびきびと真結子は言った。別人のようだった。いや、きっとこちらが本来の彼女なのだろう。

森司は倒れた篤子を見おろし、目をすがめた。

畳に仰向けに転がり、痙攣《けいれん》しながらも、篤子は目を見ひらいて森司と泉水を睨《にら》みつけていた。その双眸は、まぎれもなくあの男児のものだった。

――いや違う、男児じゃない。

あれは、幼い頃の篤子だ。男の子の格好をさせられていただけだ。

這ってきた黒い靄は、いまや完全に篤子を覆っていた。薄膜のように完全に重なった瞬間、音もなく彼女の体に溶け入る。

食いしばっていた歯列を、篤子がかっと開けた。

「どうしてよ！」

顔じゅうを口にして篤子はわめいた。真っ赤な口腔《こうこう》が覗《のぞ》いた。

「どうして——真結子さ、……裏切り者……許さない、裏切った。許さない、許さない、許さない！」

「違います。真結子さんはあなたを裏切ったわけじゃない」

部長が冷静に言った。

「彼女は立ち直りつつあるだけだ。我が子を失った悲しみは完全に消えはしない、だが傷はいずれ癒《い》え、痛みは薄れるものです。この二年間、彼女に航太くんの存在をつねに突きつけ、精神的回復を遅らせていたのは、あなたですね」

「だって！」

幼な子のような声で、篤子は怒鳴った。

「だって——だって、ずるいじゃない」

——わたしだけだなんて、ずるいじゃない。

部長がかぶりを振った。

「ぼくの従弟《いとこ》が視たところ、〝幼くして死んだ男児〟はこの家に二人いるそうです。一人はむろん航太くんだ。そしてもう一人は……もしかして、あなたのお兄さんですか？」

篤子がぎくりとするのがわかった。雄弁に、喉《のど》が引き攣《つ》れた。

泉水が一歩前へ出る。

彼は片目を細めて、

「亡くなったのは、おそらく五歳か六歳、……事故ではなく病気だった。だがその二人の男児は、悪さはしない。あなたにまつわる影として、うっすら気配を残しているだけだ。問題はあなたと」

篤子を見つめた。

「――あなたの、母親だ」

ぐしゃりと篤子の顔が歪《ゆが》んだ。その唇が震え、ややあって、笑みに吊《つ》りあがる。

「兄が、……兄がここにいるの。そう」

唸《うな》るように、彼女は言った。

「それなら、ちょうどいいわ。兄にも聞いてもらいましょう。わたしが母のお腹にいる間に、急性骨髄性白血病で死んだ兄の篤《あつし》にね」

篤子の夫が彼女の肩へ手を伸ばす。その手を篤子は振りはらった。

「兄はまだ、五歳だった。だから誰も重い病気だなんて疑わなかったの。……風邪だと思っていたら、あっという間に病状が悪化して、発症から半月足らずで亡くなってしまったらしいわ。そしてわたしが生まれたのは、兄の死から三箇月後」

うつろな瞳《ひとみ》だった。

「母はわたしを『兄の生まれ変わりだ』と言って、まったく同じ名を付けようとした。でも寸前で祖父が出生届を取りあげて、篤に子の字を付けて〝篤子〟で届けたらしいわ。――こんな名前、大嫌い」

　声の調子が変わる。

「母はわたしを『あっちゃん』としか呼ばなかった。篤子とは、けっして呼ばなかった。五歳までは、兄がかつて着た服を着せ、かつて着た靴を履かせ、兄が遊んできた玩具《おもちゃ》だけで遊ばせた。わたしのためのものは、いっさい買わなかった」

　夫を押しのけ、篤子は上体を起こした。

「母のお気に入りの遊びはね、『あぶくたった』っていう、薄気味悪いお遊戯」

　挑むような口調で、彼女は泉水を睨んだ。

「兄が好きだったんですって。母は兄を溺愛《できあい》していて、義務教育までは独占したいからと、幼稚園にも保育園にも通わせていなかった。密室育児で、二人きりで、飽かず遊んでいたのよ。『とんとんとん、なんの音……』って」

「そして、あなたもそれを強いられた」

「ええ、そう」

　篤子は笑った。

「父は止めもしなかった。心配してくれたのは祖父母だけ。父は祖父母をシャットアウトして、仕事に逃げて、ろくに家に帰ってこなかった。わたしは小学生になるまで、ずっと母と二人きりだったの。わたしを息子としてしか見ない母と」

――とん、とんとん。

――なんの音？

――雨降った。

――なんの音？

――犬鳴いた。

篤子の夢の中でも、その歌は鳴りつづけていた。眠りは浅く、篤子は何度も寝がえりを打った。

――なんの音？

――鬼が、来た。

はっと篤子は目覚めた。〝鬼〟が、黒い影となって彼女にのしかかっていた。

息ができない。苦しい。喉が潰《つぶ》れている。ぼやける視界の中、篤子は鬼の顔を見た。

母だった。

「泥棒」

母は唸った。

「なんであんたが――あの子の服を着て、あの子のベッドで寝ているの。あんたなんかが。この、泥棒、泥棒――……」

そんな夜が、幾度となくあった。

篤子はつねに死んだ兄と比較されて育った。兄は母の脳内で、極限まで理想化された。篤子がどんなにいい成績をとろうと、母は「本物のあっちゃんが生きていたら、もっと優秀だったわ」で片付けた。

篤子の髪はぎりぎりまで短く切られた。ランドセルは黒しか買い与えられなかった。習いごとは「本物のあっちゃん」が好きだった水泳をやらされた。母はむろん、男子用の水着しか買ってくれなかった。コーチがさすがに苦言を呈したが、母は頑として受けつけなかった。胸がふくらんできて、保護者たちからクレームが相次ぐまで、篤子は男子用水着でクラブに通わされた。

――泥棒。

母が夜中にのしかかってこなくなっても、篤子の悪夢はつづいた。

――泥棒。泥棒。鬼が来る。

鬼がわたしを、存在ごと兄に食わせてしまう。

中学は制服のない私立へ行かされた。その頃には篤子は、もはや己の環境に疑問すら持たなくなっていた。

彼女は母の言いなりの学生生活を送った。母が兄にやらせたかった部活をし、行かせたかった塾に通った。しかし高校を卒業し、大学へ進学し、卒業して就職した途端、母はがらりと変わった。

「ねえあんた、いつ孫の顔を見せてくれるの」

それは篤子にとって、青天の霹靂《へきれき》とも言うべき台詞《せりふ》だった。

呆然《ぼうぜん》とする彼女に、母はまくしたてた。

「いつまでもそんな色気のない格好して。女の幸せは、早く結婚して早く出産することよ。我が子を腕に抱く以上の喜びはないのよ。そろそろ自分勝手はやめて、あたしに孫を抱かせてちょうだいな。高いお金を出して大学まで行かせてやったんだから、そろそろ心を入れ替えて、親孝行してくれたっていいんじゃない……」

母が考えた孫の名はむろん「篤」だった。

吐き気をこらえ、篤子はその場から逃げるように立ち去った。

翌年、篤子は見合い結婚した。

相手は父の部下だった。二年後に息子を出産した。母は狂喜したが、篤子は命名権を舅《しゅうと》に任せた。

息子は明大《あきひろ》と名づけられた。「あっちゃん」と呼べる名にしたのはせめてもの譲歩だったが、母は激怒し、娘夫婦に絶縁を言いわたした。

篤子は淡々と絶縁を容《い》れ、以後、ほとんど母に会っていない。

彼女自身意外なことに、結婚生活は穏やかで幸福だった。文字どおり、時間によって彼女は癒《いや》されていった。

傷も痛みも薄れ、過去は遠くなっていった。ときおり思いだしたように悪夢をみたが、目覚めればすぐに忘れた。

——孫の航太が、事故で亡くなるまでは。

「航太くんの死後も、真結子さんが服や玩具を買いつづけるよう仕向けたのは、あなたですね」

部長が言った。

「そして彩さんの妊娠を知り、生まれ変わりだのなんだのと真結子さんをそそのかしたのもあなただ。彩さんがいやがると、よく承知した上で」

「だって」

篤子は憎悪にぎらつく目で部長を見据えた。

「——だってわたしだけじゃ、ずるいじゃない」

「篤子」

かたわらの夫があえいだ。彼女は夫を無視し、

「わたしだけがいやな思いをして育ったなんて、ずるいじゃない」

にやりと笑った。白目がにぶく光る。

「今度はわたしの番よ。わたしが、鬼になる番——」

「篤子！」

夫が彼女の両肩を摑《つか》んだ。

同時に篤子の体が、空気が抜けたように彼の腕へくずおれた。息子の明大が短い悲鳴をあげた。

篤子は失神していた。いや、ただの気絶ではない。瘧《おこり》のごとく身を震わせている。

「救急車を」部長が叫んだ。

「泉水ちゃん、早く一一九番。たぶん精密検査が必要だ。いまの篤子さんは――きっと本来の彼女じゃない」

10

暑苦しい蟬の声を背に、森司は汗を拭《ぬぐ》いながらアパートへと帰宅した。

前庭に茂りはじめた大葉を、通りすがりに数枚むしる。この大葉は大家の許可のもと、毎年採り放題なのだ。「ほっとくと増えるだけ増えて邪魔くさいから、食べるならどんどん食べちゃって」と顔を合わすたび言われている。

大葉を今夜森司がどうするかといえば、素麵《そうめん》の薬味であった。

せっかく米の炊きかたをマスターしたというのに、食欲のない彼はここ一週間ばかり、もっぱら豆腐と素麵で生きていた。

実家の親がお中元でもらった素麵を茹《ゆ》で、これまた実家がお取り寄せした麵《めん》つゆで、大葉のみの薬味を添えて啜《すす》りこむ。味気ないと言えば味気ないが、見たくもないというほどには飽きないから素麵は偉大である。

「ふー……」

年寄りくさいため息をつき、森司はアパートの外階段をのぼった。

と、かばんの中で携帯電話が鳴った。メールの着信音だ。

――まさか、こよみちゃん。

階段に片足をかけたまま、急いでかばんを探った。しかし液晶に表示された送信者名は、残念ながら〝黒沼部長〟であった。

「どーも。さっき大江彩さんが来て、『お礼に』ってお高いアイスクリームを二十個も持ってきてくれたよ。部室の冷凍庫に入れとくから、好きなとき寄って食べて」

あれから大江篤子は病院に搬送され、即検査入院となった。結果、グレードⅠの脳腫《のうしゅ》瘍《よう》が見つかったそうだ。

腫瘍は扁桃体《へんとうたい》と海馬《かいば》を圧迫する位置にできていた。

「扁桃体は怒りや恐怖を、海馬は記憶をつかさどる部位なんです。この位置に腫瘍が生じると、性格が激変するケースが多い」

と医師は大江家一同に説明したという。ただし腫瘍は良性と思われ、近日中に手術がおこなわれる予定らしい。なお、すみれ組の怪異はあれ以後ぱったり止んだそうだ。

森司は携帯電話をかばんにしまった。

ふたたび階段をのぼりはじめたとき、下りてくる住民と行き会った。顔を見て、目を見ひらく。

彼に食欲を失わせた張本人――院生の堺であった。

「おう、八神」
「おうじゃないですよ！」
　森司は叫んだ。
「いつの間に言いふらしてくれたんですか、あんなでたらめを！　いちいち打ち消すの大変なんですからね、マジで苦労してるんですから」
「でたらめじゃねえだろ。おれは見たぞ、しかとこの目で見た。おまえが美女とコーヒ
ーをたしなみながら、親しげな笑顔で語り合うさまを」
「それって灘じゃない美女とでしょう？　あり得ませんよ。見たと言うなら、それはい
つですか。どこでですか。何時何分何秒何曜日、地球が何回まわったときですか」
「小学生かおまえ」
　堺は呆《あき》れ顔になって、
「万代《ばんだい》のドトールだよ。これみよがしに窓際の席で、恥ずかしげもなく仲よさそうに顔
くっつけてただろ。相手の女性は色白で、日本人離れした顔立ちで、唇がこう、ほんの
り赤くて色っぽい感じの」と言った。
　森司の脳内で、その言葉が猛スピードで駆けめぐった。
　ドトール……窓際の席……色白……日本人離れした顔立ち……ほんのり赤い、色っぽ
い唇……。
「ってそれ、鈴木じゃねえか！」

森司は天を仰いでわめいた。

啞然《あぜん》としている堺に、あらためて向きなおる。

「堺さん、そいつ男ですから！　誤解も誤解、大誤解です。美女じゃありません。確かにそれっぽく見えたでしょうが男です。正真正銘霊長目ヒト科ヒトのオスです」

「男……」

堺の喉仏《のどぼとけ》が、ごくりと動いた。

「八神おまえ、そういう趣味だったのか」

「違いますよ！」

力の限り否定する。

「とにかくそいつは彼女でもなんでもありませんから。ああもう、なんで言いふらす前に確認してくれないんですか。あいつはうちの部員ですよ、後輩です。まぎれもなく男で、ＸＹ染色体の持ち主です」

必死で森司は言いつのった。しかし堺は鼻で笑った。

「ふん、見えすいた嘘をつくな。この世にあんな麗しい男がいるか」

「じゃあ今度連れてきますよ。どうぞ心ゆくまで男だと確認してください。なんなら堺さんの目の前で、脱いでもらうよう頼んでおきます」

「脱ぐだと」

堺は目を見張り、手すりにしがみついて後ずさった。

「やめろ八神、おれはおまえと違ってそんな趣味は」

「話聞いてますか！　会話能力ゼロですか」

涙目で叫ぶ森司の横で、柾《まさき》が風に揺れて葉ずれの音を鳴らした。蝉の声が弱まりつつある。いつの間にか、時刻は夕暮れだった。

第二話　湖畔のラミア

HAUNTED CAMPUS

1

「はじめまして、菱山久裕《ひしやまひさひろ》くんの紹介でうかがいました。白央大《はくおう》ＵＭＡオカルト同好会会長の、播磨《はりま》と申します」

その挨拶《あいさつ》を聞いた瞬間、森司は口に含んだアイスコーヒーを噴きだしそうになった。

菱山久裕といえば、黒沼部長の異父弟だ。なさぬ仲というのを差し引いても、あまりかかわりたくない性格の人物である。泉水も同じ気持ちらしく、部長の背後で渋い顔をしていた。

しかし当の部長は、笑顔を完璧《かんぺき》に保ったまま応《こた》えた。

「ああ、白央大は久裕くんが二年までいた大学ですもんね。いまは三年編入して、県外の大学にいるらしいけど」

「そのようですね」

こよみからアイスコーヒーを受けとり、播磨は美味《うま》そうに啜った。

小柄だが八十キロ以上ありそうな巨体で、五分ごとに眼鏡をはずしては汗を拭《ふ》いている。乱れた天然パーマの髪は、こう言ってはなんだが学生にしては残量が乏しい。シャツの衿《えり》もとから覗《のぞ》くのは、お世辞にも似合うとは言えない金鎖だった。

「菱山くんも一時、うちのサークルに所属していたんですよ。もっとも彼の場合は広く浅くで、複数のサークルを掛け持ちでしたがね。その彼からお聞きしたんです。『UMA関係以外のオカルトなら、雪大オカルト研究会を頼るべきだ』と」

「それはそれは、光栄です」

部長が鷹揚《おうよう》に応えた。

――しかしUMAオカルト同好会とは、この世にはいろんなサークルがあるんだなあ。

と森司はひそかに思った。

彼がUMAについて知っていることといえば、未確認生物の略称であること、カテゴリに雪男や宇宙人が含まれることくらいだ。中学生のとき『X－ファイル』の再放送を観てすこしハマったが、その程度である。この世にUMAの同好会や研究会が存在するなど、考えてみたこともなかった。

部長が播磨からもらった名刺に目を落として、

「ところで、こちらの名刺ですと会社員でおられますね。つまり白央大のOBで、いまだ同好会の会長をつづけてらっしゃる、という認識でよろしいですか」

「そのとおりです」

播磨は薄くなりかけた頭頂部を、つるりと撫《な》でた。

「お恥ずかしい話ですが、今年で三十一になります。それでも趣味の道はやめられませんでね、新会長候補があらわれないのをいいことに、この歳になってもツチノコやUFOを捜し歩いております」

「素晴らしい」

黒沼部長は満面に笑みをたたえた。

「お世辞じゃなく、本心から素晴らしいと思いますよ。いいなあ。ぼくも中年、老年になっても、どっぷり趣味に生きていたい」

と手ばなしに称《たた》えてから、ふと口調を変える。

「ところで、その探検旅行の途中で女の霊に憑《つ》かれたと聞きましたが」

「あ、ええ、まあ」

播磨はアイスコーヒーのグラスを置いた。

「ことの起こりはですね、先週です。サークルメンバーたちと長野のある湖を探索に赴いたんですが、そこでラミアを――」

彼はいったん言葉を切って、

「いや失礼、便宜上その霊をラミアと呼んでいるもので」

と言い添えた。黒沼部長が片目を細める。

「ラミア？　もしかしてギリシア神話に出てくるラミアですか。海神ポセイドンの孫娘で、ゼウスの妻ヘラの嫉妬《しっと》をかって半人半蛇の姿に変えられてしまったという」

「おお、おくわしいんですね」

部長の台詞《せりふ》に、播磨は相好を崩した。

「嬉《うれ》しいなあ、じつはUMA関係だけじゃなく、おれは神話オタクでもあるんです。今度ぜひご一緒に神話の話を……と言いたいとこですが、いまはそんな場合じゃありませんね。まずは、探検旅行とラミアの話からさせていただきます」

大仰に咳《せき》ばらいして、播磨は語りはじめた。

2

その湖は長野県の、とある温泉街にあった。

人里離れた秘境ではなく、観光地としてもそれなりにポピュラーな土地である。といってもUMAで有名なわけではない。純粋に温泉の質がよく、湖が澄んで眺めが美しいからだ。

「やっぱりさあ、わかりやすくネッシー系の怪獣探索とかにしたほうが人が集まったと思うのよね、あたし」

と、ぼやいたのは白央大OGの夏美《なつみ》だった。

ネッシーは言わずと知れた、ネス湖に棲《す》まう世界でもっとも有名な幻獣である。背中には二つのこぶがあり、首長竜《くびながりゅう》によく似た姿かたちだとされている。一九三三年の目撃で騒がれて以来、現代に至るまで騒がれてきたUMAの代表格だ。

「ネッシー特集なんて、過去に四回もやっちゃったよ。有名どころのイエティやチュパカブラ、ビッグフットも以下同文」

播磨が藪《やぶ》を手で払いながら、気のない声で言った。

「夏美はただ、宴会のメンバーが足りないから文句言ってるだけだろ」

「ばれたか」

悪びれず認めた夏美に、播磨の妻、沙穂《さほ》がひっそり苦笑する。彼女の首に光っているのは、夫と同じ十八金の金鎖であった。

一行の先頭を切って歩く播磨が、

「人が一番集まるって言ったら、やっぱりUFO系だよなあ。けどUFO合宿は、何十回となくやっちまったもの。部員が代替わりしているとはいえ、さすがに新味が……。世にUMAの種は尽きまじ、だが、人集めのネタのほうが、尽きてきたかも……」

と、ふうふう息を切らしながらゆるい勾配《こうばい》の道を歩いていく。

白央大UMAオカルト同好会は、創立四十年を誇る老舗《しにせ》のインカレサークルである。播磨の代になってからは会誌を年二回発行しており、その収益を会費にあてている。むろん黒字になることはなく持ち出しのほうが大きいが、会誌は播磨のライフワークであり、妻の沙穂もとくに文句を言うことはなかった。

旅館に荷物を置き、夕暮れを待って、彼ら一行は湖に向かい出発していた。

さして険しい道でもないため、全員がスニーカーにジーンズの軽装である。ちなみに夕暮れを待ったのは、「単にロケーション的な問題」であった。会誌とサイト用に、写真が必要だからだ。

ちなみに今回参加したのは全部で八人。全会員をかき集めれば三十人近い同好会であるからして、けして多いとは言えない数字だった。

「だいたい、いくらUFO系が人気だからって、年がら年中UFOばかり追ってるわけにもいかない。うちはオカルト同好会であって、UFO同好会じゃないし……」

「だからって〝幻の大蛇特集〟とはね」

しゃべるのもやっとの播磨に、夏美が肩をすくめた。

「前回の巨大鳥といい、完全に会長個人の趣味じゃん。どうせ八岐大蛇《やまたのおろち》がどうの、ナーガがどうのって原稿書く気でしょ？　このUMAオタクの、神話オタク」

「オタクでなにが悪い」

播磨は鼻を鳴らした。

「いまやオタクは市民権を得ているんだぞ。大の大人が、アニメ好きやSF好きを公言するのが普通な時代だ。そのうちUMA好きだって、きっとメジャーに……」

「あ、そろそろ見えてきましたね」

と播磨の背後から言ったのは、今回の幹事である賀川《かがわ》だった。

前方にまっすぐ人差し指を向け、「ほら、あそこ」と一同を急《せ》かす。

なるほど木立の間から、夕陽を弾《はじ》いてきらめく湖が見えた。昼間は目に沁《し》みるような新緑だった山々が、沈む太陽を背に黒いシルエットと化している。

エメラルドグリーンだったはずの湖面が、夕焼け空をそのままに反射して染まっていた。浅葱《あさぎ》と橙《だいだい》が溶けて入り混じった、壮麗な色あいだ。加えてまわりの山々が上下シンメトリーな像を湖面に投げかけ、なんとも幻想的な風景をつくっている。

「きれい」

沙穂がほうっと吐息をついた。

その横で夏美が、「ま、悪くないわね」とうそぶく。

今回の参加者は会長の播磨夫妻、夏美、賀川の四人がOB・OG。そして残りの四人は現役の白央大生であった。

播磨の見たところ、夏美は新入生の男子学生目当てでの参加である。いまどきの若者らしく、ゆで卵を剥《む》いたような肌をした瀬田《せだ》という二年生の男子だ。

——しかし夏美のやつも既婚で、とっくに子持ちだってのになあ。

播磨は内心で苦笑した。

今年で三十になる夏美は、ひとつ下の沙穂よりはるかに若づくりだ。亭主がなにも言わないのをいいことに、小学生の子どもを義父母に預けっぱなしで遊び歩いているともっぱらの噂である。

とはいえ、むろん表立って彼女を咎《とが》める気はない。夏美のような女相手に、正攻法でやりあうほど彼は馬鹿ではなかった。あとあと面倒になるだけだ。

「あ、この由来案内板、撮っておきましょうよ」

沙穂がかたわらの看板を指さして言う。

一見、板に墨書きで江戸《えど》時代のお触書ばりに見えるが、触れてみればなんのことはない、プラスティック製であった。

「ええと、『昔、高僧にかなわぬ恋をした女人が、悲しみのあまりこの湖へ身を投げ、死して蛇身に変じたとされている。いつか誰言うともなく、この湖には大蛇の守り神がいると――』。お坊さんに恋なんて、なんだか安珍清姫《あんちんきよひめ》みたいね」

「ああ、あれも女が大蛇になる話だもんな」

播磨が相槌《あいづち》を打つ。賀川がうなずいて、

「蛇が鐘を取り巻く構図が有名なあれですね。でも会長たちはこの温泉郷、以前にも来たことがあるんでしょう?」

「ああ、十一年前にな。あの頃はおれも若かった。おまけに沙穂ときたら、まだ十八でぴちぴちで……」

「ちょっと!」

夫を小突いてから、沙穂は賀川に向きなおった。

「確かに来たけど、あのときは大蛇じゃなくツチノコを探しに来たのよ。メンバーにはそれなりに好評だったし、参加率も高かったわ。やっぱりポピュラーな幻獣やエイリアンを特集したほうが、みんなの食いつきはいいのよねえ」

「十一年前といえばおれは……ええと、十五歳か。ということは中三かな。さすがに中学生でツチノコ探索旅行は、親が許してくれなかったでしょうね」

賀川は夏美を振りかえって、

「夏美さんもそのとき、一緒にツチノコを探されたんですか？」

「ううん。わたしは十一年前は不参加。だって梓《あずさ》が来ていたからね」

つんとして夏美が言った。

わけ知り顔で「ああ」と賀川は苦笑する。その首にも、播磨夫妻と同じく金の鎖が光っていた。

「すみません。で、今回探しに来た大蛇っていうのは、この看板にある守り神のことなんですか？」

いとも無邪気に瀬田が割って入った。

「だったらぼくは蛇じゃなく、きれいな姫の姿のほうを見てみたいなあ。なんだって蛇なんかになっちゃったんですかね。せめてもっと美しい生き物に変わればいいのに」

「いやいや、そう言うな若者。美女と蛇ってのは、神話や伝説では親和性が高いと相場が決まってるんだぞ」

と播磨は、人差し指を顔の横で振ってみせた。

「たとえばギリシア神話の有名なメドゥーサは、髪の毛が蛇だ。彼女はアテナの神殿で密通したがゆえに女神の怒りをかい、醜い怪物に変えられてしまった。同じくギリシア神話にはケルベロスやスフィンクスの母親とされるエキドナという怪物がいて、彼女は上半身が美女、下半身が蛇だね。また神託所デルポイを守る番人である大蛇ピュートーンは、『ホメロス風讃歌《さんか》』の『アポロン讃歌』によれば雌蛇なんだそうだよ」

「はいはい、わかったわかった」

夏美が手を振る。

「お得意の神話の蘊蓄《うんちく》はいいから、まずは湖を一周してみましょうよ。この近くにある洞窟《どうくつ》にも入っておきたいしね。洞窟なら、大蛇とまではいかずとも蛇くらいいるでしょう。まずはサイトにアップできる被写体を見つけなきゃ」

「夏美さん、蛇って平気ですか」と瀬田。

余裕たっぷりに夏美は微笑んで、

「爬虫類《はちゅうるい》が嫌いでUMAオカルト同好会会員はやってられないわよ。もしや瀬田くんは苦手なの？　だとしても大丈夫よう、あたしが守ってあげるから」

と瀬田に擦り寄っていく。

沙穂が顔をそむけて、ふたたび苦笑した。

事前にネットでプリントアウトした地図によれば、くだんの洞窟は林の中であった。

「まあ待て諸君。迷っちゃいけないから、まずはとば口の木にロープを縛りつけてと」

播磨が派手な黄いろのロープをリュックから取りだし、近くの幹に結びつける。端だけが赤く染まっており、薄暗がりの中でもよく目立った。

「大げさねえ」

夏美があからさまに冷笑する。

「なあに、保険だよ。油断して迷子になってから慌てたって遅いだろ。それに、こういう手順だって雰囲気のうちさ」

沙穂から懐中電灯を受けとって、播磨は歩きだした。

沙穂と賀川がそれにつづく。夏美は瀬田に目くばせし、肩をすくめてみせてから賀川の背を追った。

林の中は想像よりさらに薄暗かった。鬱蒼《うっそう》と茂った木が、夕陽を完全にさえぎってしまっている。地に張った木の根や石に、ともすれば躓《つまず》きそうになる。

――こりゃあ本格的に暗くなる前に、林を出るべきだな。

いまさらながら播磨は思った。二、三枚写真をものにしたら、引きかえすよう全員に指示しなければなるまい。

彼は三本目の木にロープを結びつけた。蛍光塗料でコーティングされたロープが視界に仄《ほの》黄いろく浮きあがり、まるで発光する蛇さながらだ。

「足もとがぬかるんできたぞ、気をつけて」

播磨は振りかえらず、背後の会員たちに声をかけた。苔《こけ》と泥で、靴底がずるずるとすべる。

そのまま五分ほど直進したが、洞窟は見つからなかった。

それほど大きな林ではないはずである。おかしいな——と訝《いぶか》しんでいると、背後で賀川が「あっ」と短く声をあげた。

「どうした？」

「あの、あれ」

彼が指さす方を見る。播磨は眉根《まゆね》を寄せた。

黄いろいロープを結んだ木が、数メートル向こうに立っていた。しかもロープの端がはっきりと赤い。

「おれたち、もとの場所に戻っちまったんですよ」

「馬鹿な。ずっとまっすぐ歩いてきたんだぞ。Uターンしたわけがない」

だが近づいてみると、賀川の言うとおりだった。一番はじめにロープを結びつけた木だ。藪《やぶ》の向こうに、暗さを増しつつある湖畔が覗《のぞ》いている。

播磨は額の汗をぬぐった。

「今日は——今日は、もうやめとくか。どうも疲れてるみたいだ。明日、もっと早い時刻に再挑戦しよう。沙穂、とりあえず林の中だけ数枚撮っておいてくれ」

言われるまま、沙穂がデジタルカメラのシャッターを何度か押す。

「あれ、誰かいますね」

林の外を透かし見ていた瀬田が言った。

「湖の横に……あ、あれ？」

声のトーンが跳ねる。

「——湖の中に、入っていってませんか、あの人」

播磨はぎくりとした。慌てて振りかえり、瀬田の指さす方を凝視する。

しかし彼の目に、その〝誰か〟とやらは見えなかった。

「どこだよ、いないぞ」

「わたしにも見えない」と隣で沙穂も言う。

だがその声をかき消すように、「まずい」と叫んだのは賀川だった。

「会長、あれ間違いなく自殺ですよ。もう脛《すね》まで湖に入っちまってる。うわ駄目だ、ちょっとおれのリュックお願いします。ひとっ走り行って、助け——」

しかし彼は、途中で立ち止まった。

「どうした、賀川」

播磨は彼を見あげた。

しかし賀川は、彼の声など耳にも入っていないふうだった。湖の方角を凝視したまま、

「さ——沙穂さん」

と呻《うめ》いた。

「沙穂さん、あれを——あれをデジカメで撮ってください。レンズをまっすぐ正面に向けて。そう」

「でも、誰もいないわ」

沙穂が怯《おび》えた顔で言う。声がひび割れていた。その横で夏美は柄にもなく押し黙り、茶々を入れもしない。

「いいから撮って！」

賀川が怒鳴った。その語気に押されるように、沙穂はデジタルカメラを取りあげ、シャッターを押した。十枚ほど連写する。

「あ——」

瀬田が呆《ほう》けた声をあげた。

その瞬間、播磨は視た。いや、視たと思った。

湖に、膝下《しっか》まで浸《つ》かった女がいた。斜め向きでこちらに背を向けており、長い髪に隠れて顔は見えない。

やや腰をかがめ、左手を体の脇にだらりと垂らしている。右手で、大きな黒い石のようなものを抱きかかえている。

——あれは、生きていない。

その瞬間、なぜかそう播磨は確信していた。

閃光《せんこう》のごとく脳裏を走った感覚だった。

あれは、あの女は生きている人間ではない。なぜって生者は、あんなふうに——。

——あんなふうに背を向けているのに、そしてこれほどの距離があるのに、表情がこちらに伝わってきたりはしない。

はっきりと女は微笑んでいた。

半月状に吊《つ》りあがった唇から、低い歌声が洩《も》れるのがわかった。

聞こえるはずはない――こんなに離れているのに、ささやくような歌声が耳に届くはずがない。だが歌は播磨の耳もとで聞こえた。合間の吐息すら感じとれた。

単調なメロディだった。聞いた覚えのない歌だ。だが、やけに懐かしく響いた。もっと聴いていたい、とすら思った。そう聴いていたい、もっと長く、もっと。

――もっと、もっと聴いて。

次の刹那《せつな》。

沙穂の高い声が空気を裂いた。

「走って！」

彼女はデジタルカメラを連写していた。白いフラッシュが光る。まばゆい光と彼女の声が、凍っていた一同を呪縛から解いた。

「走って――湖のほうは見ないで、宿に向かって一気に走るの！　必ず全員でよ。しんがりは、賀川くんお願い！」

宿の夕飯は結局、無理を言って一時間遅らせてもらった。

旅館『汐屋《しおや》』の夕食は大広間に集まって食べる様式ではなく、部屋に一人一人のお膳《ぜん》を運びこんでくれるスタイルである。かるく入浴を済ませ、全員が浴衣《ゆかた》に着替えてからの食事であった。

仲居さんが栓を抜いてくれた瓶ビールを注ぎあい、

「では、乾杯！」

グラスを掲げて唱和した。

前菜の蛍烏賊《ほたるいか》や梅豆腐を口に運び、お造りの帆立、平目とたいらげていくうち、次第に一同の気分もほぐれてきた。

お凌《しの》ぎの一口蕎麦《そば》を啜《すす》りこんだあたりで、瀬田がぼそりと言う。

「いやー……、でも、なんだったんですかね。林の中で見たあれ」

「やめろよ」

賀川が低く諫《いさ》めた。しかし早くも酔った播磨が、「やめろとはなんだ」と逆に賀川をたしなめる。

「なにってUMAだろう。そうだ、あれこそUMAだ」

とっくに日本酒に切り替え、播磨は顔を真っ赤にしていた。

「もっと喜べみんな！　われわれUMAオカルト同好会は設立以来はじめて、未確認生物の撮影に成功した！　だろ、沙穂？　さっき撮った決定的画像を、みんなに自慢してやれ」

「もう、酔っちゃって……。言っとくけど、全然ちゃんと撮れてなんかいないのよ」

苦笑しながら、沙穂はデジカメをバッグから取りだした。

デジカメを受けとった賀川が、画像を順に表示させていく。瀬田やその他会員たちは彼の背後から覗きこんだ。ただ一人夏美だけが、その輪から離れている。

「うわ、写ってるじゃないですか」

瀬田が声をあげた。

「シルエットだけですけど、結構しっかり写ってますよ。……そういえばみなさん、あの歌って聞こえました？」

「ああ、あの子守歌だろ」賀川が言う。

「子守歌？　ああ、そういえばそうかもですね。聞いたことがあるような、ないようなメロディで」

「あれはラミアさ」

杯を呷《あお》って播磨はがなった。

「ギリシア神話の怪物ラミアは半女半蛇で、美しい口笛を吹いてセイレーンのごとく人を虜《とりこ》にするという。大蛇伝説の湖に、人心を乱す美声といやあラミアで間違いない」

「歌声と口笛じゃ、かなり違う気がしますが」

賀川が苦笑した。

「ところで沙穂さんはすごかったですね。今日のＭＶＰは、文句なしに沙穂さんでしょう。あのとき『走って！』と声をかけてくれなかったら、おれたち全員が、あの場からしばらく動けなかったかもしれない。それこそセイレーンかラミアに魅入られたみたいに」

「おう、なんたっておれの自慢の妻ヘラだからな」

と播磨は浴衣の合わせ目から、金のペンダントを引っぱり出した。

このペンダントは会員幹部全員がお揃いで着けているものだ。会長の播磨が全能の神ゼウス、沙穂がその妻ヘラをかたどったトップを下げている。ちなみに夏美はアポロン、賀川はヘルメスのトップであった。

「あまり嬉《うれ》しくないんだけどね、その誉められかた」

と沙穂が眉《まゆ》を下げる。

「だってギリシア神話で女神ヘラといえば、嫉妬《しっと》の象徴でしょう。ゼウスの浮気《うわき》を怒って、めちゃくちゃなヒステリー起こしてばっかり。わたしは夫が会長でゼウス役だから、しかたなくこのトップにしたっていうだけよ」

「そうよねえ、沙穂ちゃんはヘラとは大違いの良妻さまだもん」

夏美が棘《とげ》のある口調で言った。

「亭主が道楽にばっかりお金をつぎこんでも、文句ひとつ言わない。女の会員と泊まりこみでも余裕の態度。おまけに美人で稼ぎもいいときたら、最高の嫁よ」

「ですよねえ」

瀬田が真顔で相槌《あいづち》を打った。

「おれも沙穂さんみたいな人と結婚したいです、どっかにいないもんですかね。沙穂さん、適齢期の妹さんか従妹《いとこ》さんいません？」

酔うと空気が読めなくなるのは瀬田の悪癖だ。夏美がものすごい目で瀬田を睨《にら》むが、気にもとめない。慌てて賀川が割って入り、

「あのう、こ、この画像、会誌とサイトに載せられますね。『幻の大蛇は、湖の守り神ラミアだった！』なんて見出しでどうでしょう」

「うん、いいんじゃないか」

播磨はうなずいて顎《あご》を撫《な》でた。

「しかし初日だってのに、もう旅行の目的が果たされちまったなあ。どうだ、明日起きたら湖畔と林の写真をいくらか撮って、午後は観光に繰りだすってのは。このメンバーでまともな観光なんかした例《ためし》がないもんな。せっかくの長野だし、善光寺に行ってお賓《びん》頭盧《ずる》さままでも撫でてくるか。ははは」

われながら、わざとらしい笑い声をあげる。追従するように、賀川や学生たちも笑った。

しかし播磨には、痛いほどわかっていた。

誰もが先刻の問いを、もう一度口に出したくて出せずにいると。笑っていようと飲んでいようと上の空で、心はその問いにとどまっていると。

――なんだったんですかね。林の中で見たあれ。

彼のラミアだなんだという放言を、全員が信じていないのはあきらかだった。だが播磨自身、突きつめたくなかった。

そうだ、あれがなんであろうと知りたくない。そうおれは思ってしまっている。はっきりと怖気《おじけ》づいている。

――くそ、UMAオカルト同好会が聞いて呆《あき》れるな。

自棄《やけ》気味に播磨は杯を呷った。自嘲《じちょう》が苦く胸を焼いた。

襖《ふすま》が開き、二人の仲居が鱧《はも》の椀《わん》を運んできた。


座は零時前におひらきとなった。

寝間は男女同室で、衝立《ついたて》で分けられているきりである。ビジネスホテルに泊まるときは男女を分け、播磨夫妻がツインで寝るのが常だが、温泉宿や和室のときは強い希望がない限り男女同室で済ませていた。

消灯し、全員で布団に潜った。

時計の秒針の音がやけに大きく感じられる。自分の吐息が、不快なほどに酒くさい。

「……寝てます？」

かたわらから、賀川の声がした。

「いや」

播磨は答えた。

充分に酔っているはずだが、目が冴《さ》えていた。衝立の向こうからも寝息は聞こえてこない。瀬田だけが一人、かるいいびきをかいている。

「明日、ほんとに観光するんですか」

「どうするかな……。正直言うと、迷ってる」

障子戸越しに明るい月明かりが射しこんでいた。川が近いため、涼しげなせせらぎが聞こえる。

「ほんとうならもう一度、あの湖へ行ってみるべきなんだろう。いつものおれなら、喜びいさんで計画を立てているはずだ。……なのに、恥ずかしい話だ。びくついちまってるのさ。おれもそろそろ歳ってことかな」

播磨の言葉に、しばし賀川は沈黙していた。

「……明日、起きてから考えましょう」

彼はやがて、そう言った。

「夜に考えると、冷静になれないって言うじゃないですか。一晩寝て頭をリセットさせましょう。朝陽を浴びたら、気持ちだって変わるかもしれません」

「だな」

播磨は同意した。

「賀川の言うとおりだ、明日――」

そのとき、ふ、と障子に影がさした。

誰か通りかかったようだ、と播磨は思った。廊下に立ちどまっている。窓越しに景色でも眺めているのだろうか、動く気配がない。

そこまで考えて、播磨ははっとした。

障子戸の向こうは廊下ではない。椅子二脚とテーブルを置いた広縁があるだけだ。部外者が入れる場所ではない。

彼は首をもたげ、まわりを確認した。

全員が布団に入っている。衝立の向こうの女二人は見えないが、襖が開いた気配はなかった。それに広縁に行くには衝立をどかし、播磨たちを乗り越えていかねばならない。

薄暗がりの中、賀川と彼の目が合った。

賀川は播磨に視線で訴えていた。これは、普通ではない——と。ありうべからざることが起きている最中なのだ、と。

播磨は起きあがろうとした。

しかしその瞬間、耳朶《みみたぶ》に吐息がかかった。甘い息だった。女だ。

吐息はささやくような歌声に変わった。

播磨は動けなかった。

衝立の向こうで、夏美が短く鋭い声をあげるのがわかった。沙穂、と呼びたかったが、声すら出なかった。

沙穂、どうした無事か。そう叫びたいのに、全身が凍りついてしまっている。

「赤ん坊だ」

隣で賀川があえいだ。

ああそうだ、と播磨も心中でつぶやく。

あの女が右手で抱いていた黒い石のようなものは、赤子だ。彼女が産んだ赤ん坊だ。

いまそれが、はっきりわかった。

なぜわかったのかなんて、自分でもわからない。だが言葉でなく、感覚で伝わってくる。あの女が――女そのものが、肌と神経で感じとれる。

〝彼女〟は、我が子を捜している。

ラミアだ、と播磨は思った。女神に呪われて子どもを失い、みずからも怪物と変じたラミア。目が覚めている間ずっと、他人の子を捕まえては食い殺してしまうという、悲しい怪物ラミア――。

月を背にした女の影が、障子戸越しにこちらを振りむくのがわかった。

播磨の喉《のど》から、ようやく悲鳴がほとばしった。

3

「――と、いうわけなんです」

ひと息に語り終え、播磨はアイスコーヒーの残りを飲みほした。

黒沼部長が組んだ指に顎を乗せて、

「なるほど。幻の大蛇を探しに行ったら、そこで歌う女幽霊に遭遇した、というわけですね。それでどうなったんです？　霊に一人か二人かどわかされて、いまだ行方不明のままだとか？」

「まさか」播磨は顔をしかめた。

「そんな大ごとだったら全国ニュースになってますって。全員無事に、予定どおり特急で帰ってこられました」

「ならいいじゃないですか」

森司は言った。

「多少怖い思いはしたでしょうが、全員無事ならべつに問題ないでしょう。画像は消去して、気になるようならデジカメごとお祓《はら》いしてもらうとか……」

「いやいやいや、待ってください」

播磨はぽっちゃりした手を激しく振って、「この話にはつづきがあるんです」と言った。

「つづき？」

「ええ、じつはですね。——そのラミアを、どうやらうちの部員が〝連れてきて〟しまったようでして」

弱りきった口調だった。

「うちの幹部の佐久間《さくま》夏美に、取り憑《つ》いた、というか……こっちへ戻った今現在も、彼女を悩ませているようなんです。要領を得ない説明ですみません、UMA系には強いつもりなんですが、なにぶん心霊系にはさっぱりで……」

と播磨が頭をかかえる。

「落ちついてください」

部長が手で制して、

「佐久間夏美さんというのは、さっきの説明に出てきた、既婚者で小学生の子持ちだという女性のことですね。白央大OGで、同好会の幹部の」

「そうです。あいつが言うには『あの子守歌を聞くとどうにも苛立《いらだ》って、神経がささくれて、誰かに責められているような被害妄想が湧いてくる』んだそうです。いつもは気にならない我が子の泣き声が、耳についてたまらなくなるとも言ってました。いわく『苛々《いらいら》がピークに達して、あの子が黙るまでひっぱたきたくなる。このままじゃ虐待してしまいそう。助けて』だそうですよ」

「そらいかんわ」

鈴木がぼそりと言った。

「子どもに害が及ぶのはあきません」

「鈴木くんの言うとおりだ。そりゃあ早急にどうにかするべきですね」

部長が首を縦にして、

「とはいえさきほどのお話ですと、佐久間さんは義父母と同居なんですよね？　子どもの預け先があるのは救いだな。ちなみに夏美さん以外のかたは、被害に遭っていないんですか」

「ほかの部員は大丈夫のようです。おれん家《ち》はまだ子どもはいませんし、ほかのやつらは独身ですしね。これはまだ仮説ですが、子持ちは夏美だけ、というのがやはり大きく関係しているんじゃないかと」

「子を食い殺す怪物、ラミア——ですね。目がひらいている限り、子を殺す呪いをかけられたラミア」

部長が首肯する。

「失礼ですが播磨さんは、かなり神話のたぐいがお好きなようですね」

そう言われ、播磨は頭を掻《か》いた。

「いやあ、じつはこれもＵＭＡ好きの延長なんです。だって神話には、キメラ型の怪物がよく出てくるじゃないですか」

「ああなるほど。女面で下半身が蛇のラミアに、半女半鳥のセイレーン。スフィンクスは女面獅子《しし》身の怪物だし、ケルベロスは犬の三つ首を持ち、竜の尾と蛇のたてがみを持つとされる。確かにＵＭＡといえばＵＭＡですね」

「セイレーンって、人魚じゃないんですか」

森司が首をかしげて問う。

「美しい歌声で船乗りを惑わして、海に引きずりこむ人魚の絵を美術の教科書で見た気がするんですが」

部長は森司を見やって、

「うん、それはおそらくF・レイトンが描いた『漁夫とセイレーン』か、もしくはドレイパー作の『オデュッセウスとセイレーン』だね。ホメロスの『オデュッセイア』によればセイレーンは上半身が女、下半身が鳥で有翼だが、人面鳥身の醜悪な怪物ハルピュイアとまぎらわしいし、より美しい〝惑わす女妖《じょよう》〟のイメージのために人魚化していったんじゃないかと思う。

そういえばフランスの伝承に登場する、メリュジーヌという女面の怪物は〝下半身が蛇、もしくは魚〟だ。神話においては鳥、魚、蛇、このへんの境目がひどく曖昧《あいまい》なんだよ。鳥の脚には爬虫類《はちゅうるい》の名残りだった頃の鱗《うろこ》があるし、同じ〝鱗持つもの〟として分けられちゃってるのかもしれない。よく言えば大らか、悪く言えばいい加減なんだね」

「いやあ、ほんとうにおくわしい」

播磨は目をまるくしていた。

「時間が許すなら、このまま一晩中でも神話におけるキメラの話題をつづけていたいところです。じつを言えばこのペンダントだって、ほんとうはケンタウロスのモチーフにしたかったんですよ」

と彼は衿《えり》もとから金の鎖を引っぱり出した。

「ゼウスは女癖が悪いし、威厳に乏しいから好きじゃないんです。でも会長ならこれでないとおかしい、とみんなに言われましてね」

森司は播磨の手もとに目を凝らした。

ペンダントのトップには、巻き毛の髭《ひげ》を持ついかめしい顔つきの男のレリーフがほどこされていた。顔のすぐ下に『Zeus』と彫ってある。

「幹部のみなさんはオリュンポス十二神？　幹部は全部で十二人いるんですか」

「いや、残念ながら六人しかおりません」

部長の問いに、播磨は苦笑した。

「おれがゼウス、妻がヘラ、あとはヘルメスとアポロン、アレス、それと……アルテミス、ですね」

最後、なぜか彼は言いよどんだ。しかし部長は気づかないふりで、

「ではアレスとアルテミスのかたは、今回不参加だったんですね」と訊《き》く。

「ああ、はい。アレスはいま海外赴任中でして、アルテミスは、その」

播磨はハンドタオルで額をぬぐった。

「去年、事故で亡くなったんです。志田《しだ》梓という名で、夏美と同期でした。双子のアポロンとアルテミスに象徴されるように、二人は仲がよかったが、同時にライバルでもありまして」

そこまで言って、はっとする。

「……あ、いや、言っておきますが梓の死に不審なところはありませんよ。彼女は実家に帰省中に事故に遭ったんです。夏美は遠く離れた地にいましたし、梓が祟《たた》るなんてことは、そりゃもう絶対に――」

播磨は口をつぐんだ。失言に失言を重ねてしまった、とさすがに気づいたらしい。

黒沼部長は微笑して、

「そのお話は、またのちほど。まずは佐久間夏美さんにお会いしなきゃいけませんね。お手数ですが、彼女と顔合わせの段取りをつけてもらえますか」

播磨が去ったあと、森司たちは部室でなんとはなしに顔を見合わせた。

「……久裕くんも、オカルトに興味あったんですね」

話題に出すべきではないかもと思いつつ、つい口にしてしまう。

なぜって菱山久裕は霊感持ちではないはずだ。その彼がオカルト云々《うんぬん》にかかわりたがるとすれば、黒沼家ひいては部長がらみ以外にあり得るだろうか。

しかし部長は肩をすくめた。

「播磨さんも言ってたとおり、彼が広く浅く持ってる興味のうちでしょ。久裕くんは黒沼家《うち》のことに関してはろくに知らないはず――と思いたいけど、そういや春休みに、黒沼家のルーツについて調べたいとか言ってたっけね」

「まあいいだろ、あいつのことは今回の件に関係ない」

泉水が言下に打ち消した。ひかえめに言っても、彼は久裕が好きではないのだ。

「そうだね」

部長は同意した。

「正直言って、ぼくは彼についてあまり考えたくないんだよねえ。昔、信頼できる人に言われたことがあるんだ。〝恨むと、相手と繋《つな》がってしまうからやめろ〟って。べつにぼくは久裕くんを恨んじゃいないけどさ、でも恨みつらみに限らず、強い思念というのは余計なものを引き寄せがちだし、いやでも相手となにかを繋いじゃうでしょ」

愛用のマグカップを引き寄せ、彼は言った。

「だから、久裕くんの話題はここでやめ。あとはおとなしく播磨さんの連絡を待とうじゃないか。噂のラミアにも、早く会ってみたいしね」

4

その日の夜、森司はアパートの自室で鈴木瑠依と差し向かいに座り、しめやかに素麵《そうめん》を啜《すす》っていた。

「ごめんな。面倒ごとに巻きこんじゃって」

「いえいえ」

素麵を盛った竹笊《ざる》に箸《はし》を伸ばしながら、鈴木が応《こた》える。

「おれのほうも、いらん誤解されたままでは困りますから。あのまま噂が独り歩きして、八神さんと付き合ってることにでもされたら今後の学生生活に差しさわります」

「ほ、ほんとごめん……」

つい三十分前、森司は鈴木を上階の堺に引き会わせ、ようやく彼の誤解をといてきたところであった。

「ほんとだ、近くでしげしげ見ると男だな」

と堺は驚愕《きょうがく》していた。しかし近くでしげしげ見ない限りわからないのだから、ここは堺の無思慮を責めるより、純粋に鈴木の美貌《びぼう》を称《たた》えるべきなのかもしれない。

「とにかく、もうおかしな噂を流すのはやめてください。こいつは男ですし、超遠距離恋愛とはいえ彼女だっているんです。広めたぶんは、できるだけ堺さんのほうで打ち消しといてくださいね」

と念押しし、森司たちは二階の自室へ引きあげた。

そうしていま鈴木にふるまっている素麺が「せめてもの礼の夕飯」である。

鈴木はパン工場で働いているため、食事のほとんどを社割で買える惣菜《そうざい》パンでまかなっている。給料日の夜にラーメン屋へ行くのだけが月イチの贅沢《ぜいたく》だと言う苦学生の彼は、とかく手料理に飢えているらしかった。

「ラーメンか回転寿司でいいなら奢《おご》るぞ」

と申し出たのだが、

「いや、それより八神さん家でなんか食わしてもらえませんか。街まで行って帰ってくんの、しんどいし」

　と言われ、現在に至る。

「すぐ食えるもんなんて、素麺しかないけどいいか」と訊くと、逆に喜ばれてしまった。引きこもり歴の長い鈴木いわく、ほぼ十年ぶりの素麺だという。

　せめてもの気遣いに、麺は『揖保乃糸《いぼのいと》』の上撰青帯を奮発した。麺つゆは森司の母お気に入りの取り寄せ品である。見栄えを考えて百均で買った竹笊に盛り、大葉を敷き、氷も散らした。おまけに大葉、ちくわ、ピーマンの天婦羅まで揚げた。

　天婦羅を揚げたのははじめての経験だ。しかし事前にネットで調べておいたおかげで、意外にさっくりと揚がった。暑いのと油がもったいないのを除けば、安い野菜でもそれなりに美味《うま》くなるありがたい調理法である。

　これで涼しげなガラスの器でもあれば文句なしだが、残念ながらそんなものはないので、二人とも味噌《みそ》汁の椀《わん》であった。

「ところで灘さんとは、どないなっとるんです」

　箸で素麺をたぐりつつ、鈴木が言う。

「仲直りしましたか」

「いや、仲直りもなにも、喧嘩《けんか》すらしてないから」

　と森司はあいた左手を振った。

蕎麦《そば》はつゆに漬けすぎては粋じゃないなどと言われるが、素麺にそんな作法はない。冷えた濃い麺つゆを麺にたっぷりと絡ませ、勢いよく一気に啜りこむ。清涼な気配が、喉越《のど》しもなめらかに胃までストレートに落ちていく。

「喧嘩だとか、灘を怒らせたとかなら話はまだ簡単なんだよなあ。謝って謝って、許してもらえるまでひたすら謝り倒しゃいいんだから。でも灘は『怒ってません』て言うんだよ。それもうちの母親が繰りだす『はあ？　怒ってないわよ。怒ってまーせーん。しつこいわね、あんたはどうなの、怒らせたと思ってんの？　あっそう、だったら怒ってるんでしょ、あーはいはいはい。好きに思ってりゃいいわ』と違って、どうも本気で言ってるみたいで……」

「まあ、灘さんはそういうタイプと違いますわな」

　鈴木がうなずく。

「ということはあれでしょ。自分でも自分の感情がようわからん、てやつですよ」

「そうか？」

　森司は首をかしげた。

「そんなことあるか？」

「ありますよ。おれなんか滅多に怒れへん子どもやったから、十歳過ぎてはじめて怒ったとき『なんやこの気持ち悪さ？』と思いましたもん。感情を爆発させる習慣がないタイプには、間々あることと思いますがね」

鈴木が音高く素麺を啜り、

「しかし美味いなあ、これ」と感に堪えぬように言う。

「気に入ったなら、ちょっと持ってくか？　どうせまだ山ほどあるんだ、この素麺。あとで袋にでも分け――」

と森司が言いかけたとき、手もとで携帯電話が鳴った。

「あ」

思わず息を呑《の》む。

「……灘からメールだ」

「噂をすれば、ですな。なんですって？」

うながされ、森司は液晶に目を走らせた。

ごく短い本文に、画像が添付されている。森司は画面を鈴木に向けて、

「――鉢植えのプチトマトが豊作だそうだ。お隣さんと競って育ててるんだってさ。……どう思う？　こんなたわいない話題を振ってくるってことは、やっぱりおれは彼女に嫌われてもいないし怒らせてもいないんだよな？　なあ鈴木どう思う？」

「それでええんちゃいます」

気のない声で応えてから、

「あ、すみませんが乾麺《かんめん》のおすそわけは遠慮しときますわ。うち鍋《なべ》ないんです」

と鈴木は言った。

5

二日後の木曜は播磨夫妻とともに、午後から佐久間夏美の自宅を訪ねる予定であった。正午すこし過ぎに、講義を終えた森司はオカ研の部室へと足を踏み入れた。しかし珍しいことに、黒沼部長の姿がなかった。

いつも牢名主《ろうなぬし》のごとくこの部室に君臨している部長がいないとは。しかもアポイントメントがあるのに——と訝《いぶか》しんでいると、こよみ、鈴木が順に入ってきた。

「八神先輩、部長はどこに？」

「いや、おれが来たときはもういなかった。書置きもないんだ」

「構内のローソンでも行きましたかね」

そのまま三人で待ったが、いっかな部長は戻ってこなかった。時計が十二時半をまわり、いい加減焦《じ》れはじめた頃、森司の携帯電話が鳴った。

「ごめんごめん。トンネルが思いのほか長くてさ、圏外でなかなか電話できなかった」

「部長！」

森司は慌てて通話をスピーカーにした。

「いまどこにいるんですか。というかトンネルってなんです」

「うん、じつはぼくと泉水ちゃん、いま長野にいるんだよね」

一拍の間ののち、

「はあぁ!?」

と森司は鈴木と異口同音に叫んだ。

「ちょ、どういうことですか。今日はみんなで佐久間夏美さんのお宅に行く約束でしょう? 一時に播磨さんが迎えに来るって――ええ!?」

「大丈夫大丈夫」

いたって呑気《のんき》に部長は応じた。

「ぼく抜きで、八神くんたちで一件落着させた経験だってあるじゃない。ぼくらがいなくても話くらい聞いてこれるさ。それに今回は二泊したらすぐ帰る予定だし」

「二泊もする気ですか」

森司は悲鳴をあげた。

「泉水さん、なぜ止めなかったんです」

「すまん、反省している」泉水の殊勝な声がした。

「ひさびさにこいつの我儘《わがまま》に負けた」

「まあほら、ぼくら院生で試験関係ないから。ちょうど六月の学会で発表終えたばかりで時間あったんだよね。夏の長野って、避暑地だからいっぺん来てみたかったし」

「部長――」

「そういうわけなんで。お土産買って帰るからねー、じゃあね」

と能天気な声を最後に、通話は切れた。

森司は正面の鈴木と、暗澹《あんたん》たる思いで顔を見合わせた。

「マジですか……」

「こ、こういうのはせめて、学生相手の依頼のときだけにして欲しいな……」

はるか年上の相手だというだけでも緊張するのに、播磨はいいとしても細君のほうは初対面である。しかも当の佐久間夏美は、人伝《ひとづて》に聞いただけでも一筋縄でいかなそうな女だ。

「藍さん……は、駄目だな。平日だから仕事だ」

「泉水さんは、部長についていきましたしね……」

頼れる人がいない。八方ふさがりである。目に見えて消沈する森司と鈴木を、こよみが交互に見比べつつ励ました。

「だ、大丈夫ですよ。もしいたらないところがあれば、きっと播磨さんがカバーしてくれるはずです。ICレコーダがあるから聞き洩《も》らしもないし――ええと、とにかく頑張りましょう」

午後一時五分前に、播磨は雪大の部室棟まで迎えにやって来た。

彼の愛車アテンザはバイパスに乗って走ること二十分、目当てのインターで降り、紳士服メイカーやファミレスの看板を横目に国道を走りはじめた。

「そっか、部長さんに会えないとは残念だなあ」

意外に器用なハンドルさばきを見せて播磨が言う。

「ぼく以上に神話にくわしい現役の学生を見つけたと、妻に自慢しちゃったのに」

「ほんと、次はぜひお会いしたいです」

助手席から振りかえって、細君の沙穂が微笑む。

播磨夫妻はまさに美女と野獣と呼ぶにふさわしいカップルだった。肥満体で冴《さ》えない亭主に対し、妻の沙穂はほっそりと楚々《そそ》たる風情である。

これは会長の立場を濫用して口説いたとしか思えない、と森司は内心でつぶやいた。口には出さねど鈴木も同感らしく、なんともいえぬ表情で唇を閉ざしている。

アテンザは四つ目の信号を右折し、住宅街へ入った。

十分ほど走って停まる。目の前に、築年数の経っていそうな木造二階建ての一軒家が建っていた。

道路から見えるベランダには、どうすくなく見つもっても四、五人ぶんの洗濯物が揺れている。門柱の表札には『佐久間』の三文字が見てとれた。

「雪大の学生さん？　へええ、アタマいいのねえ」

見かけによらず、と言いたげにじろじろ眺めてくる夏美に、森司は気弱に微笑みかえすしかできなかった。

通されたのは佐久間家の座敷である。八畳間に取りつけられたエアコンはおそろしく旧式で、ガスが抜けているのかすこしも冷えない。

鈴木はキャップを目深にかぶり、頑《かたく》なにうつむいて夏美の目線を避けていた。こよみにいたっては、はなから夏美に無視されている。

佐久間夏美は「学生の頃はきっと〝生意気そうなところが可愛い〟と言われてモテたんだろうな」と思わせる女であった。

当時のコケティッシュさは、確かに端々にうかがえる。しかし表情にくわわった険と、過剰な体重の増加が、かろうじて残った魅力さえも台無しにしていた。

「あなたがたもオカルト同好会なのね。え、研究会？　まあどっちでもいいわ」

と夏美が手を振る。

つと障子戸が開いて、盆を持った姑《しゅうとめ》らしき女性が入ってきた。

彼女は播磨夫妻へ親密そうに笑いかけ、森司たちに頭を下げ、そして夏美には一瞥《いちべつ》もくれず、麦茶のグラスを人数分置いて去っていった。夏美もまた、姑のほうを見もしなかった。

正座でしゃちほこばったまま、森司は口火を切った。

「はい。ええと、われわれはＵＭＡ系ではなく、主に心霊系を扱うサークルでありまして……」

「夏美に憑《つ》いたらしい例のやつを、視てもらいに呼んだんだ」

播磨が横から助け舟を出す。

「いるんだろう？　その……例の、ラミア」

途端に夏美の顔が曇った。眉間《みけん》に皺《しわ》が寄り、口がへの字に曲がる。

「……会長はまだ雑霊のたぐいだと思ってるのね、こいつを」

吐き捨てるような口調だった。

同時に彼女の背後で、白いものが揺らめくのを森司は視た。ぞくり、と剝《む》きだしの腕が粟立《あわだ》つ。気配を如実に感じる。

——ああ、いるな。

森司は眉《まゆ》をひそめた。

確かにいる。けして強くはないが、夏美の後ろにべったりと貼りついている。無差別ではなく、はっきりと彼女本人に向けた恨みと疑念を感じる。

なぜ、と夏美の背後の女は問うていた。

なぜ、なぜ、なぜ——と。

女の顔や表情は見えなかった。髪に隠れているせいもあるが、姿そのものがひどく薄い。サッシの向こうに立つアスファルトの陽炎《かげろう》のほうが、まだはっきり目視できるほどだ。

「苛々《いらいら》するのよ、これ——こいつが、いると」

夏美は片手で顔を覆った。

「耳もとで、いつまでもいつまでも歌が続いて――。むかつくのよ。神経をじかに、爪で掻《か》きむしられるみたい。苛々する。たまんない。目に入るもの全部、めちゃくちゃにしてやりたくなる――」

「いまも聞こえているんですか、その歌？」

森司の質問に、夏美は首を振った。

「いえ、いまは――聞こえない。でも耳の奥に居座っているの。聞こえないときでも聞こえる気がする。こいつの気配がするときは、必ずそう」

夏美は顔をあげた。

「いまも、いるわ。そうでしょう――？」

思わず気圧《けお》され、森司はうなずいた。

夏美の頬が引き攣《つ》った。

「ほらね。わかってるのよ。あたしにはわかる。あんたがいるって、あたしがわからないわけがない。ざまあみろ、このあたしを出し抜けやしないわよ――梓」

彼女の双眸《そうぼう》は、虚空を睨《にら》んでにぶく光っていた。

森司はためらいながら尋ねた。

「なぜ、そう思うんです」

「え？」

「なぜ、……後ろにいるのが、その梓さんだと思うんです」

「だって」

夏美は顔をゆがめて笑った。

「だって十一年前も、あそこへ行ったのよ。同じ町に行って祟《たた》られるなんて……梓と、関係ないわけないじゃない」

こよみがすかさず口を挟んだ。

「佐久間さんは、十一年前は参加しなかったはずでは？」

一瞬、すごい目つきで夏美はこよみを睨んだ。しかしすぐに、悔しそうにまぶたを伏せる。

播磨は戸惑い顔で、夏美と森司とこよみを交互に眺めていた。その横で沙穂は、ただ無表情に座っているきりだ。

――ここはいったん、話題を戻すべきかな。

と森司は考えた。

重ねて問いつめたところで、きっと夏美は意固地になって答えないだろう。ここは夏美の好きに話させたほうがいいかもしれない。

彼女が話したがっていることといえば、そう――。

「し、志田梓さんというのは、どんな人だったんです」

夏美の肩がぴくりと反応した。

「なんというか、仲間だったわけですよね。仲間に祟るようなタイプだったんですか、仲間、その志田さんは」

そう言いながら、森司は夏美の背後にいるそれの反応をうかがった。

反応は、なかった。ないように思えた。

夏美がふうっと吐息をつき、憎々しげに言いはなつ。

「自称サバサバ系。自称できる女。〝努力しなくても、なんでもひととおりこなせちゃうのよね〟ってふりをするのがお上手だったわ。そんな女よ」

「志田さんとあなたは仲がよかった、と播磨さんがおっしゃってましたが」

「ええ、仲良しだった」

夏美は背後に梓を想像しているのか、正面を見据えて言った。

「仲良しだったからこそ結婚式に招待したし、妊娠も出産もまっさきに梓に教えたの。あくまで好意よ。『家庭におさまるより、まずは社会で居場所を確保したい。仕事の足固めをするのが先』と言ってたのは梓自身だもの。彼女のご希望どおりになったんだから、恨まれる覚えはないわ」

「は、はあ」

夏美の語気に辟易《へきえき》しつつ、森司は問うた。

「ええと、志田さんは確か、事故で亡くなられたんですよね？」

その質問に、なぜかはじめて夏美が怯《ひる》んだ。視線を泳がせ、首を振る。

「知らない」

「え？」

「だから、よく知らないのよ。あたしもニュースで見ただけなんだもん。山形の実家に帰省する途中、高速で玉突き事故に巻きこまれたって——それ以上のことは全然。家族葬にしたとかでお葬式にも呼んでもらえなかったし、お墓の場所だって知らないままよ」

語尾がヒステリックに上がっていく。

これは夏美本人に訊《き》くのは無駄そうだな、と森司は思った。彼女にこのまま質問を投げつづけていても、実のある答えは返ってくるまい。ひたすら梓への悪意あるコメントを聞かされるだけに終わるだろう。

森司は麦茶の残りを飲みほし、いとまを告げるべく播磨に目くばせした。

6

「なんか、すまなかったね。話らしい話が満足に訊けなくて」

アテンザのハンドルを握りながら播磨が謝った。

「いえそんな。本日はお付き合いありがとうございました」

「こっちの目的は達しましたんで大丈夫です。ほんまお気遣いなく」

森司と鈴木が素早く答える。

嘘ではなかった。すくなくとも彼らにとっては、夏美の背後にいたものと遭遇できただけで充分である。夏美の人となりも肌で感じたことだし、それなりの成果はあったと言えた。

ふと森司のシャツの胸ポケットで、携帯電話が震えた。

メールでもLINEでもなく通話であった。黒沼部長からだ。

森司はバックミラー越しに「すみません」と播磨にことわって通話ボタンを押した。

「あ、八神くん？」

「はいおれです。いま播磨さんの車の中なんで、大きな声では話せませんが」

「ああ、佐久間さん家の帰りかな？　どうだった、彼女は」

「ええとですね」

運転席の播磨と助手席の沙穂をうかがいつつ、森司はささやき声で答えた。

「例の幽霊は、やはり佐久間夏美さんに憑《つ》いていました。夏美さんは志田梓さんという女性に対して、敵意というかライバル意識というか……複雑な感情が山ほどあったみたいです。彼女より先に結婚して、出産したのが自慢のようでしたね。あと彼女の死に、ちょっぴり罪悪感を抱いてる様子でした。その理由はまだわかりませんが」

「ふうん」

黒沼部長は鼻から抜けるような相槌《あいづち》を打って、

「ところでこっちも、多少なりと進展があったよ。播磨さんたちがラミアを目撃したという湖で、十年ほど前に入水自殺があったらしい。亡くなったのは三十代の女性。かの温泉街では有名な老舗《しにせ》旅館『吉祥館《きっしょうかん》』で、直前まで住みこみの仲居さんとして働いていたそうだ。これ以上はどうも、地元のみなさんの口が重くってね。いまんとこ、わかったのはそれだけ」

「ただ遊んでるわけじゃなかったんですね」

感心して森司が言うと、

「失礼な」と部長は苦笑した。

「ともかく引きつづき、二人で観光しながら聞きこみしてみるよ。またなにかわかったら連絡するから。みんなによろしくー。じゃあね」

播磨に雪大正門前で降ろしてもらい、森司たちはいったん部室へ引きあげた。

しかし十分としないうち、引き戸をノックする音があった。

「あの……すみません。さきほどお会いした、播磨の家内ですがよろしいでしょうか」

沙穂だ。こよみの淹《い》れたコーヒーですっかり気を緩めていた森司は、

「どうぞどうぞ」

と慌てて居住まいを正した。

鈴木がキャップをかぶりなおし、こよみは茶菓子を探す体勢に入る。

引き戸がそろそろと開き、遠慮がちに入ってきたのはやはり、紛《まが》うことなく播磨沙穂

その人であった。

「主人には『買い物を思いだした』と言って、途中で降ろしてもらいました。じつはその、みなさんにお話ししておきたいことがありまして」

どうやら夫の播磨の前では言いにくいことらしい。

森司たちがそう察したのを沙穂も感じとったらしく、

「……告げ口するみたいで、あの人にはずっと言えなかったんです。なんというか、あの、ええと」

口ごもってから、意を決したように顔をあげる。

「夏美さんに悪意があるとか、嫉妬《しっと》していると思われるのがいやで。年甲斐《としがい》もない、くだらないプライドなんです。……結婚前、夏美さんはうちの主人とも一時期あやしかったので、いまだにそれを気にしていると思われたくなくて――」

つづく言葉を、沙穂は喉《のど》に詰まらせた。

急いで森司は彼女に椅子を勧めた。

「ど、どうぞお座りになってください。コーヒー飲まれますか？　冷蔵庫にチーズケーキがあるみたいなんで、それも是非どうぞ。ほんとのほんとに、是非」

濃いコーヒーとチーズケーキで人心地がついたらしい沙穂は、三人を相手にぽつぽつと語りはじめた。

「夏美さんと梓さんはわたしより一学年上でして。わたしが同好会に入ったときは、すでに角突きあう仲でした」

「あの、こう言っちゃなんですが、佐久間夏美さんはあまりオカルト同好会に入りそうなタイプやないですよね。なにかそのへん、理由でもあるんでしょうか」

と鈴木が口を挟む。

沙穂は言いにくそうに、

「それについては、その頃、主人と同学年の会員に長身の格好いい男性がいまして……。主人は『あれは客寄せのパンダだ』なんてうそぶいていましたが、はい」

「ではそのパンダにつられて入ったのが、夏美さんだったわけですね」と森司。

「ええ。彼はすぐ辞めてしまいましたけれど、夏美さんはそのまま残りました。男女比が八対二ほどの部ですし、彼女はかなりちやほやされていましたから、居心地がよかったんでしょう」

「志田梓さんのほうはどうなんです？」

「梓さんは山岳サークルや英会話サークルと掛けもちでしたが、それなりに真面目な会員でした。梓さんが何度か夏美さんの態度を注意したことがあって、徐々に仲が悪くなっていったみたいですね」

「播磨さんは、『二人は仲がよかったから、ペンダントのモチーフをアポロンとアルテミスにした』と言ってましたが」

沙穂は苦笑した。

「あの人には女ごころの機微はわかりません。同性同士で、交わす口数が多いというだけで仲良しに見えちゃう人なんです。……そういえばわたしも、このモチーフのせいで、よけいに嫉妬《しっと》深く見られたくないと思ってしまうのかも」

金鎖を衿《えり》もとから引きだし、彼女はトップを掌にとった。女神ヘラのレリーフが精緻《せいち》に彫りこまれたトップであった。

「そもそも夏美さんにアポロンのモチーフがお似合いだ、と言ったのは、梓さんなんです。もちろん皮肉を含んでの台詞《せりふ》ですよ。アポロンは十二神ではゼウスに次ぐ好色な神でしょう。ダフネやカサンドラにちょっかいを出しては、いらない災厄を振りまくはた迷惑な神さま」

「恋多き美神のアフロディーテにしてあげないあたり、確かに皮肉なんでしょうね」

こよみがひかえめに同意した。

沙穂はコーヒーをぐっと呷《あお》ってから、声のトーンを落とした。

「――みなさんに打ちあけたい話と言うのは、じつは、十一年前のことなんです」

白い頰が強張《こわば》っていた。

「十一年前の探索旅行には梓さんが参加し、夏美さんは来なかった、と言われていますよね。でもそれ、嘘なんです」

「嘘？」

森司は問いかえした。

「ええ。わたし、見てしまったんです」沙穂がうなずく。

「口に出して言うのは、今日がはじめてです。その当時梓さんは、サークル内に付きあっている男性がいました。軍神アレスのモチーフを持っていた男性です。彼は最初は『すこし遅れて旅行に合流する』と言っていたのに、翌日『やっぱり行けなくなった』と連絡してきました。……わたしが彼らを目撃したのは、その日の午後です。長野にはいないはずの彼と夏美さんが、べったり腕を組んで、わたしたちの宿とは別の旅館へ入っていきました」

沙穂は顔をあげた。

「その男性の苗字は〝佐久間〟です。いまの夏美さんの姓。これだけ言えば、おおよその事情はおわかりでしょう」

森司は気圧《けお》され、首肯するほかなかった。

――つまり夏美は梓の彼氏を略奪して、そのまま結婚したってわけか。

「そういえばアレスは、人妻アフロディーテと不倫した神さまでもありますね」

こよみが抑揚なく言う。

「これでなんとなくわかりました。夏美さんが『妊娠も出産もまっさきに梓に教えた。彼女のご希望どおりになったんだから恨まれる覚えはない』と誇らしげに言いながら、怯《おび》えていた意味が」

森司は考えこんで、

「彼氏は最初、会員みんなと合流する予定だった。しかし道中のどこかで夏美さんと会ってしまったのかな。彼女に誘われ、魔がさしたんでしょうね。計画的だったら、はなから不参加にしていたはずだ。……夏美さんのほうは、どうかわかりませんが」

「ですね」

沙穂が同意する。

「お姑《しゅうとめ》さんが夏美さんに冷たかったのを、みなさんもご覧になったでしょう。お姑さんは、梓さんを気に入っていたんです。夏美さんじゃなく、彼女にお嫁に来てもらいたかったようですね」

「でも当のご主人はいま、日本にいないんですよね？　確か播磨さんが『アレㇴは海外赴任中』と言っていたような」

「ええ。彼の希望で単身赴任なんだそうです。失礼を承知で言いますが、夫婦仲はとうに冷えきっているとか」

つまり不仲の嫁姑を同居させたまま、男だけ海外へ逃げたのか。森司は呆《あき》れた。あっちへふらふら、こっちへふらふらと情けない男だ。もっともそうでなければ、同じサークル内で三角関係なんていう面倒ごとは起こすまいが。

気を取りなおし、森司は質問をつづけた。

「二人が別の旅館へ入っていくのを見たのは、沙穂さんだけなんですか」

「そのはずです」沙穂は断言した。「わたしはそのとき、お土産を買うためにみんなとは別行動していましたから。夏美さんたちが入っていった旅館は、温泉街の奥まったところに建つ、一番グレードの高い老舗《しにせ》旅館だったんです。そこの売店でしか売っていない品が見たくて寄ったら、二人を見つけてしまって。わたし、急いで庭園の木陰に隠れました」

「……ちなみに、その旅館の名前は？」

なんとなく勘がはたらいて、森司は問うた。

沙穂が即答する。

「吉祥館です」

7

沙穂が去り、鈴木がバイトの時間だというので、森司とこよみも揃って部室を出ることにした。

七月の夕刻は気温こそ高くないものの、とにかく蒸し暑い。外へ出た瞬間、生ぬるい熱気がむっと顔に吹きかかる。

ここ数日雨を見ていないため、通路の土は乾いてひび割れていた。毎年新入生に一番人気のテニスサークルが活動中らしく、テニスコートから絶えず喚声と口笛が聞こえてくる。

「八神先輩、すみませんでした」

「え？」

唐突に謝られ、森司はその場に立ちどまった。

こよみが彼の正面に立ち、深ぶかと頭を下げる。

「最近わたし、ずっと態度がおかしかったですよね。でもやっと自己解決しました。そのせつはご迷惑をおかけしました」

「い、いやあそんな、おれはべつに」

へどもどと否定してから、

「で——どうしたの？」

と森司はこよみの顔を覗《のぞ》きこんだ。

こよみが「それがですね」と眉間《みけん》に深い皺《しわ》を刻む。

「自分でも自分の感情がよくわからないというか……このもやもやはなんなんだろう、とずっと思っていまして。これかな？　と見当をつけていた感情はあったんです。でもお隣さんのプチトマトがわたしの鉢より発育がいいのを見ても、同じような気持ちにならないし……と不思議で。でも今日、夏美さんと沙穂さんにお会いして、お話をうかがったことでようやく腑《ふ》に落ちたんです。ああこれは〝それ〟か、そういうことなのか、って」

こよみが言葉を切り、ふたたび頭を下げた。

「ごめんなさい。独りよがりな話しかたしてますね、わたし」

「いや大丈夫」

急いで森司は首を振った。

「鈴木も言ってたよ。『自分で自分がわからないのは、感情を爆発させる習慣がないタイプには間々あること』だって。だからきっと——あ、そうだ」

思いだした、と手を叩《たた》く。

「そういや堺さんが見たって言ってた、〝幻の彼女〟の正体がわかったんだ。なんのこたない、まさにその鈴木だった。キャップしてないあいつを、通りすがりの窓越しに見たってだけでさ。言われてみれば、万代のドトール……」

夕陽を背に、汗を拭《ふ》き拭き必死に説明する森司の頭上を、からかうように蝙蝠《こうもり》がすいと飛んでいった。


その夜、アパートへ戻ってから森司は黒沼部長へ電話をかけた。

「お疲れさまです。いまお時間大丈夫ですか」

「そっちこそお疲れさま。いま旅館の部屋だから長電話できるよー」

のんびりとした声が返ってくる。森司はスピーカーに切り替え、携帯電話をテーブルに置いた。

まずは森司が、今日の収穫をざっと部長たちに報告する。向こうもスピーカーで聞いているらしいのが、かすかな反響でわかった。

「なるほどね。佐久間夏美さんには、梓さんに恨まれる自覚がしっかりあるわけだ」

部長がうなずく気配がした。

「ところで八神くんから視て、どうだった？　夏美さんに憑《つ》いていたのは志田梓さんその人だったと思う？」

「いや、うーん」

森司は首をひねった。

「それがよくわからないんですよ。おれが生前の志田さんを知らないからかもしれませんが、でもなんか、違う気がして」

「と言うと？」

「なんというか、志田梓さんだとしたら、夏美さんに憑くのが遅すぎるんじゃないかと思うんですよね。たとえば彼氏を略奪されたときに生霊として憑くだとか、事故で亡くなった直後に憑くとかなら納得いくんですけど、〝彼氏を寝とられた旅行先を再訪したら、憑かれた〟なんて迂遠《うえん》すぎるでしょう。前回の事件みたいに、なんらかの発動条件がない限り難しいんじゃないかと思いまして」

「まあそうだねえ。しかも十一年前、夏美さんとアレス氏がしけこんでたのを知ってたのは沙穂さんだけだ。もちろん志田梓さんが、ほんとうは彼らの仲を知っていたという可能性もないではないけど——ああいや、沙穂さんの話によれば、アレス氏の不参加は突発的なものだったっけ。だったらやっぱり、彼女がこの地に想いを遺《のこ》していったとは考えにくいな」

部長がすこし考えこんでから、問う。

「ところで例の子守歌とやらは、聞いた？」

「いえ。すくなくともおれたちの耳には聞こえませんでした。そういえば赤ん坊を抱いてるかどうかもわからなかったな。視えるには視えましたが、なにしろ姿が薄くって」

「ふうん」

さらに数秒、沈黙があった。

部長が仕切りなおすように、

「こっちはこっちで、いちおうの収穫があったよ。あの湖で十年前に入水自殺した『吉祥館』の仲居さんの名は松枝博美《まつえだひろみ》さんといって、当時三十一歳。自殺の原因は〝解雇と村八分〟だったそうだ」

「村八分？」

森司は鸚鵡《おうむ》返しにした。

「穏やかじゃないですね」

「でしょ？　しかもその原因は十一年前にさかのぼる。彼女は当時〝ある落ち度〟から温泉街一帯に大打撃を与えたらしい。そして『吉祥館』を解雇された——というより、石もて追われた。帰る実家がなかったのか、彼女は町にしばらくとどまりつづけたものの、〝誰も米一粒売ってくれない、ごみ出しすら拒否される〟という村八分に遭い、約半年後に自殺したんだそうだ」

「ひどいな」

　森司は顔をしかめた。

「そこまでされるほどの〝落ち度〟ってなんなんでしょう」

「それが、その点についてはみんな口が重くてね。明日、当時のローカル新聞でも調べてみようと思ってるよ。

　しかしこの松枝さんが霊だとしても疑問は残る。一つ目は〝なぜ佐久間さんに憑いたか？〟。もう一つは〝抱いていたとされる赤子はどこの子なのか？〟だ。松枝さんは独身で、男っ気もなかったらしい。とはいえ女一人で住みこみで働き、帰る実家もないとなれば、多少なりとわけありだったんだろうけどね」

　部長がお茶を啜《すす》る音がした。

「あ、そういえば八神くん」

「はい？」

「こよみくんと仲直りした？」

　思わず森司はむせた。委細かまわず部長がつづける。

「いやあ、ぼくって気まずい空気に耐えられない性質《たち》だからさあ。沈黙を埋めようとして、つい悪い癖でべらべらしゃべっちゃうんだよね。だからぼくがいなくなれば、きみらだけで話さざるを得ないかなーと思って、遊びがてら退散してみたってわけ」

「は、はあ」

息をおさめながら、「それはどうも」と森司はかろうじて答えた。

——でも、部長の言葉は本音半分てとこじゃないかな。

残りの半分はおそらく、菱山久裕の名を聞いてしまったがゆえではないか。部長自身に気晴らしが必要だったのだろう。泉水がおとなしく付いていったのだって、そのせいとしか思えない。

しかし、むろんそれを口に出す気はなかった。

「おかげさまで仲直りというか、もとどおりになれました」

と森司は答え、勘違いのもとが鈴木であったこと、こよみに「自分でも自分の感情がわからなかったが、自己解決した」と言われたことなどを話した。

「なるほど」

部長が納得したように言う。

「つまり『O, beware, my lord』だね。こよみくんは鏡の中の自分を見ちゃったんだな」

「は？」

戸惑って森司が訊《き》きかえす。部長は笑った。

「シェイクスピアの『オセロー』だよ。知らない？」

「が、学がないもので」

「暇なときにでも調べてみたらいいよ。いやー、こよみくんも大人になったんだなあ、小学生の頃から知ってるぼくとしちゃ、なんとも感無量」

くすくす笑いつづける部長を、横から泉水の声がさえぎった。

「それはいいとして、八神」

「あ、はい」

思わず森司は背すじを伸ばした。

「おまえ、鈴木を連れて残りの旅行メンバーにも会っとけ。ただ会うだけでいい」

泉水が刻みこむように言う。

「会えば、おまえにはたぶんわかる」

それだけ言い終え、泉水は送話口から離れた。間髪を容《い》れず部長の声が割りこむ。

「というわけなんでよろしく。ぼくら明日は図書館行ったあと、神社めぐりして美術館まわってドライブして、ロープウェイ乗ってくるから。軽井沢のプリンと牧場ミルクソフトクリーム美味《おい》しかったよ。お土産は甘いものじゃなくて、八幡屋礒五郎《やわたいそごろう》の柚子《ゆず》七味と野沢菜と金山寺《きんざんじ》もろみにしとくからねー。じゃあね」

と一方的な台詞《せりふ》ののち、通話が切れた。

8

星のない夜だった。

薄墨を含んだ筆を走らせたかのように、むら雲が夜空をいちめん覆っている。風が速いせいで時おり半円の月が姿を現すほかは、明かりらしい明かりもなかった。

佐久間家の裏手にあたる街灯もない小路に、一台の車が停まっていた。

ハンドルに、人影が突っ伏している。

眠っているのではなかった。影は考えていた――いや懊悩《おうのう》していた、と言ってもいい。

――自分がしようとしていることは、正しいだろうか。

いや正しいわけがない、と彼は打ち消す。

だが我慢ならなかった。あの女がのうのうと生きつづけ、これからも屈託なく笑い声を響かせるのかと思うと、はらわたが煮えくりかえるようだった。

助手席の紙袋を探る。長い黒髪のかつら、Lサイズの白のロングドレス。MP3プレイヤーには、うろ覚えながらも吹きこんだ、例の子守歌を音声加工したデータが入っている。

われながら稚拙な脅しだ。

だが効果があることは、過去の数回でわかっていた。夜中に窓の外からシルエットで出現してやっただけで、あの女は度を失い、パニックとヒステリーの発作を起こした。いい気味だった。

あの女は、なぜ自分がこんな目に遭うかわかっていまい。見当違いに志田梓を恨み、怯《おび》え、いまも布団の中で悪態をついているに違いない。

しかし理解させなくてもいい、と思っていた。ただあの女が、すこしでも苦しめばいい。彼女の千分の一、万分の一でも苦しめばそれでいい。

ロックを解除し、彼は車のドアを押し開けた。

助手席に手を伸ばす。しかし紙袋が指にあたる感触はなかった。影は肩越しに振りかえった。その瞬間、彼の手首を、冷えた手が摑《つか》んだ。

彼は息を呑《の》んだ。

目の前に、見覚えある女がいた。

悲しげな双眸《そうぼう》が鼻先にあった。射すくめられる。動けない。

だが、恐怖はなかった。郷愁だけがあった。懐かしい瞳《ひとみ》。懐かしい香り。そう、どうしようもなく懐かしい――。

次の刹那《せつな》、彼の網膜を白い光が焼いた。

懐中電灯をまともに向けられてるのだ、と顔をそむけてようやく気づく。バランスを崩し、彼は半びらきのドアから小路へ転げ出た。

白い光が下を向く。

闇に慣れぬ目をしばたたく彼に、懐中電灯の主が言った。

「——もうやめときましょう、賀川さん」

賀川は道路に這《は》ったまま、目をすがめた。

眼鏡をかけた小柄な男が、懐中電灯を斜め下に向けて立っている。その背後に従者然と立つ巨軀《きょく》の男がいる。そのさらに後ろには、昨日会ったばかりの顔があった。

雪越大学オカルト研究会の学生だ。確か、八神とかいった。

小柄な男は——黒沼部長は淡々と言った。

「あなたが佐久間夏美さんを恨む気持ちは、正直わからないでもないんですよ。いや、もっとはっきり言っちゃうと心情的にはあなたに加担したいかな。でも夏美さんには、お子さんがいらっしゃるのでね。彼女の苛々《いらいら》や鬱屈《うっくつ》は、そのまま我が子にぶつけられることになるでしょう。うまくいかない結婚生活も、志田梓さんの死も、今回の騒動もひっくるめてだ。それは、あまり歓迎できない展開です」

佐久間家に灯《あか》りがともった。

同時に裏口が開き、沙穂と播磨が静かにすべり出てくるのが見えた。彼らは両側から、パジャマ姿の女を支えていた。

夏美だ。その頬は蒼白《そうはく》で、信じられないものを見るように賀川を凝視していた。

森司が半目で、賀川と夏美を見比べる。

夏美の背にはやはり、先日見たときと同じく白い影がこびりついていた。だが賀川のすぐ後ろにも、同じ女がいる。しかも賀川に憑《つ》いた影のほうが、ずっと濃い。

彼にひたと付いて離れない女の影は、腕に赤ん坊を抱いていた。

「松枝博美さんと、あなたの関係は？」

部長がやさしく問う。

言いよどむ賀川の背に、白い影が掌を添えるのがわかった。

賀川の唇から、呻《うめ》くような声がこぼれた。

「――い、いとこ、だった。十五歳上の……毎年、夏休みにしか会えない、従姉《いとこ》だった」

でも、いつも隠れてしか会えなかった――と彼がつぶやく。

部長は重ねて問うた。

「なぜです。なぜ、隠れて会う必要が？」

「おれの親が、いい顔をしなかったから。親戚《しんせき》のおばさんが、いつもこっそり会わせてくれたんだ。おれは、彼女が――変な意味じゃなく、好きだった。夏休みが待ち遠しかった」

賀川は地に膝《ひざ》を突いたまま、言った。

博美は実親に勘当され、親戚にもつまはじきにされ、「だから他県《よそ》で住みこみで働いているのよ」と親戚のおばさんは幼い賀川にささやいた。なぜ勘当されたかは、教えてもらえなかった。

「新聞記事を読みましたよ」

部長が静かに告げた。

「十一年前、長野のある温泉街でノロウイルスが爆発的に広まった。疫病はとどまるところを知らず、一帯の温泉旅館は一時閉鎖を余儀なくされた。観光街において、その経済的損失ははかり知れない。そして当時、感染源だとされたのが松枝博美さんだった――間違いないですね？」

「ああ。でもおれがそうと知ったのは、何年も、何年もあとのことだった。おれは彼女の葬儀にすら、出られなかった」

賀川は地面に片膝《かたひざ》を突き、よろめきながら立ちあがった。

「あんたは、ろくに覚えちゃいないだろう」

正面から夏美を見据えた。

「あの温泉街に――ウイルスを持ちこんだのはあんただ。あんたが十一年前、旅行に来ないと会長に連絡してきたのは、梓さんがいたからじゃない。ノロウイルスに罹患《りかん》して倒れたからだ。

でもあんたは旅行ぎりぎりに起きあがれるまでに回復し、まだ症状がおさまっていないにもかかわらず、みんなに合流しようと列車に乗った。そして車内で梓さんの彼氏、つまりいまの亭主と出くわし、彼の浮気心につけこんで、行き先を『吉祥館』に変えさせたんだ」

夏美は声もなく立ちつくしていた。両側から支えられていなかったら、彼女はその場に卒倒していたかもしれない。唇が色を失い、震えている。

賀川はつづけた。

「あんたは吉祥館の女子トイレで嘔吐《おうと》した。そうだろう？　その吐瀉《としゃ》物を片付けたのが、ほかならぬおれの従姉だったのさ。彼女はきっと過労で免疫力が落ちていたんだろうな。あんたの亭主は抗体があったのか体力ゆえか、とにかく二次感染しなかったようだ。しかしあんたが撒《ま》き、従姉が媒介したウイルスは、温泉街一帯にすさまじい勢いで広まった」

観光客が落とす金で食っているも同然の街だ。当の松枝博美は住民のほぼ全員に非難され、白い目を向けられ、ただちに解雇された。

しかし帰る実家を持たない彼女は、病状がおさまるまでその町にとどまるしかなかった。

収入を断たれ、博美は困窮した。地元の医者は住民の目を恐れ、彼女を診るのを拒んだ。大病院に行く交通費はなかったし、静養しようにも、食料や必要最低限の雑貨すら売り渋られた。

間の悪いことに博美は誤嚥《ごえん》性肺炎を併発させ、さらに衰弱した。体力が落ちていたせいで肺炎は長引いた。

彼女は約四箇月間、病に臥《ふ》せり、二箇月後に入水自殺した。

弱りきっていた心身は、いまだつづく村八分に耐えられなかった。しかし彼女が臥せって死を選ぶまで、実家に連絡は一度もなかったという。

「――あんたにとっちゃ、全部どうでもいいことだろうな。興味もないだろうよ」

賀川は夏美に向かって唇をゆがめた。

「つい先週、長野へ向かう列車の中で、あんたは武勇伝のように自慢げに語ってたっけ。インフルエンザでまだ熱が下がりきらない我が子を『子どもが行きたがったから』と、親子遠足に連れだしたと。『無茶なことを』と言ったおれに、あんたは言ったよな。『それくらい大丈夫よ。十一年前だってわたし、ノロウイルスの治りがけに旅行したけど平気だったわ。行き先はちょうど、今日と同じ長野の温泉街……』」

あのときのおれの気持ちは、あんたにはわかるまい――と賀川が呻く。

森司は目を凝らした。

夏美の背後から、気づけば白い影は消えていた。しかし賀川のかたわらに立つ影は、いっそう濃さを増している。

ようやく彼女の顔が視えた。

彼女は――博美は、賀川だけを見つめている。

慈しむような視線だった。そして、どこか悲しんでいるような。

「松枝博美さん、は」

森司は言った。

「あなたの、なんなんです。歳の離れた従姉？　それだけじゃないですよね、だって、彼女が抱いている赤ん坊は……」

「おれだ」

賀川は鋭い声を放った。

「彼女の姿は、おれには視えない——でも、その子はきっとおれだ。彼女は、おれの実の母親だ。おれを産んだ人だ」

彼女が実家を頼れなかったのはそのせいだ——。

賀川が、血を吐くような声で言う。

博美さんはまだ十五歳で、相手の男は責任をとらず逃げてしまった。親が気づいたときは、すでに堕胎できない週数だったんだ、と。

出産後、博美の両親は赤ん坊を彼女から取りあげ、子どものいない親戚に養子にくれてしまった。その親戚が、賀川の養父母だ。

博美は世間体を重んじる親に勘当され、放逐された。同情した大叔母《おおおば》だけが、毎年夏休みの一日だけ、母子をこっそり会わせてくれたのだった。

「実の母親だと、ほんとは知っていた。うすうすわかってたんだ。でも、言えなかった。口に出したら、もう二度と会えなくなるだろうから、だから……」

だから、我慢していたのに。

——なのにあの十五歳の夏、彼女は来なかった。

それきりほんとうに、二度と会えなかった。

当時の彼にその理由はわからなかった。その後も断片的にしか把握できなかった。すべてがわかったのは、つい先週だ。

「許せなかった」

賀川は夏美を睨《にら》んだ。

「あんたみたいな女が、自分じゃ育てられもしないくせに、のうのうと子どもを産んで……。なのに、博美さんは。こんなのって不公平だろう。博美さんが、あんたになにをしたんだ。おかしいよ、こんなのおかしいじゃねえか……」

彼が低く啜《すす》り泣く。

夏美はいまや、音をたてんばかりに体を震わせていた。

頬は蒼白《そうはく》を通り越して真っ白だ。失神寸前に見えた。しかし播磨夫妻が――沙穂が、彼女を無理に立たせていた。

最後まで聞け、と沙穂の横顔が告げていた。気絶して逃げることは許さない、せめて最後まで聞いていけ、と。

「あの、すみません。一つだけ」

森司はそっと賀川に声をかけた。

「博美さんが、あなたたちに付いてきたのは……恨み、とかではないです。――こんな言いかた、すみません。でも彼女を現世に引きとめているのは夏美さんじゃない。賀川さん、あなたです」

　──強い思念というのは、いやでも相手となにかを繫《つな》いじゃうでしょ。

　数日前の、部長の言葉が耳の奥でよみがえる。

「あなたが彼女を、いまだに此岸《こっち》へ繫ぎとめているんだ。あなたが恨んで、悲しんで、後悔しているから、彼女は逝けない。おれの立場からどうしろとは言えません。でも、それだけはわかっておいてください」

　静寂が落ちた。

　湿気をはらんだ、なまぬるい風が吹き過ぎる。

　沙穂が手を離した。同時に夏美が地面にくずおれる。表情が弛緩《しかん》していた。放心しきっていた。

「……大蛇ピュートーンを矢で射殺したアポロンは、疫病の神でもあるそうだ」

　部長が疲れた声で言った。

「アポロンは死の矢を射て、無差別に病をばらまく。『さだめしアポロンの銀弓から、疫病の矢が放たれたに相違なし』──。だが本物のアポロンと違って、夏美さんは病を癒《いや》せないばかりか、自分が矢を射たと気づきもしなかった。まさに悲劇だね」

　しばしの間、誰一人、身動きもしなかった。

　膝《ひざ》を突いて啜り泣く賀川の横に立つ影が、ふいに揺らめいた。森司は目をすがめた。彼女が薄れていく。輪郭がぼやけ、かたちを失って消えていく。

「あ、——……」

声をあげたのは沙穂だった。

つられて部長が懐中電灯をあげる。白い光が上方を照らしだす。

森司は視た。いや反応からして、おそらくその場にいた全員が視たと思う。

庭の木立が揺れたかと思うと、枝葉の陰影が一瞬はっきりと女の顔に映った。その視線はやはり、賀川だけを見つめていた。

かすかに、低い歌声が聞こえた気がした。

9

大学の図書館は、今日も静謐《せいひつ》である。

古本特有のほんのりした黴臭《かびくさ》さと、学生たちがまとう香水やシャンプー、はたまた学食からまとわりつかせてきたカレーや揚げ物の匂いを入り混ざらせつつも、館内は厳格な静けさを保っていた。

森司は窓際の奥まった席に、こよみと向かい合って座っていた。

テーブルにはところ狭しと資料、教科書、ノートが広げられている。

こよみは眉間《みけん》に深い皺《しわ》を刻み、あいかわらず親の仇《かたき》でも睨むかのような目つきで資料を真剣に読みこんでいた。没頭しているらしく、森司のほうを見もしない。

――しかし、もとどおり二人で勉強できるようになってよかった。

森司はひそかに胸を撫《な》でおろした。

あのまま気まずい空気を夏休みまで持ち越したなら、どうなることかと思っていた。

去年は部長たちが合宿を企画してくれたが、今年はまだ予定を聞かされていない。

長期休みとなれば毎日会える保証はないわけで、下手をしたらいままで積みかさねてきた関係さえ、なし崩しに雲散霧消したかもしれない。

窓の外では、夏らしい色あざやかなスニーカーやTシャツが行きかっている。

女子学生のミュールのくるぶしを意味もなく見送ってから、森司は借りた資料を手に、こよみの邪魔をしないよう静かに席を立った。

――あ、そういえば。

はるか頭上までそびえる本棚の間を縫いながら、ふと森司は思いだした。

――確か部長が、シェイクスピアがどうのこうのと言ってたような。

大学の図書館ならば、まさにシェイクスピア関連の資料にはことかかない。イギリス文学の棚へ向かい、ええと『オセロー』だったよな、と指でたどる。

一冊抜き、巻末の索引を見てすぐ後悔した。

これは膨大すぎる。人名ならともかく、ワンフレーズを手がかりに探すのは無理そうだ。すぐに諦《あきら》めて、オンライン蔵書目録、通称ＯＰＡＣの端末へ向かった。

ちょうど利用者はいなかった。

椅子を引き、『O, beware, my lord』でフレーズ検索をかける。

結果はすぐに出た。

――O, beware, my lord, of jealousy! It is the green-ey'd monster which doth mock.

The meat it feeds on.

さすがにこの程度の英語はわかる。

森司はモニタを凝視した。

はからずも手が震え、頬がすこし火照った。

――お気をつけください、閣下。そいつは緑の目をした怪物で、人の心をもてあそんでは餌食《えじき》とします。それすなわち。

――すなわち〝嫉妬《しっと》〟です。

第三話　墓守は笑わない

1

「さて学部生の試験も終わったことだし、宝探しに行こう！」

黒沼部長にそう高らかに宣言されたのは、前期試験最終日の夕方であった。

「じゃ明日十時、正門前に集合。おやつと食料は持ち寄り大歓迎。ただし腐りそうな生もの、匂いのきついものは禁止ね。レトルト、缶詰、カップラーメンなんか嬉《うれ》しいかな。参加人数はトータルで七人だからよろしく」

と、ろくな説明もなしに部室を追いだされてから十六時間後。

森司は言われたとおり七人分のカップ焼きそばとツナ缶ふたつ、お泊まりグッズ一式を詰めこんだリュックを背負い、雪大の正門へと徒歩で向かった。

常の部長の言動からして、サプライズを覚悟していなかったわけではない。だが正門前で目にしたそれに、森司は思わず言葉を失った。

シルバーの車体もまぶしい、額の出っ張った大型キャンピングカーがでんと横付けされている。どうやらレンタカーらしく、〝わ〟ナンバーだ。

森司に気づいた部長がいち早く手を振って、

「じゃーん。なんと旅行用にレンタルしちゃいました。あ、支払いはぼくの奢《おご》りだから心配しなくていいよ」

とテンション高く車を両手で示す。

部長の背後には、すでにオカ研の部員たちが揃っていた。部長のすぐ横に泉水と鈴木。その横では、こよみと藍が笑顔でなにやら話しこんでいる。

「藍さんも参加ですか」

森司が駆け寄ると、藍は肩をすくめた。

「うちの事務所、所長夫妻がお孫さんと本国のディズニーリゾート行くからって、八日からお盆休みに入っちゃったのよ。だから怒濤《どとう》の十連休。となれば、旅行くらい行かなきゃもったいないでしょ」

「まあ立ち話もなんだ。全員集合したことだし、どうぞ入って入って」

部長がキャンピングカーのステップに片足をかけ、浮き浮きと手まねきする。

なんとはなし、森司は藍と顔を見合わせた。「お先にどうぞ」とジェスチャーしている間に、泉水が無造作に乗りこんでいく。

「あー待ってよ泉水ちゃん、ずるい」

「なにがずるいんだ」

言い合う藍と泉水のあとを追うかたちで、森司もステップに足をかけた。

「では、おじゃましまーす……」

キャンピングカーの内部は、外から見るより広かった。

運転席と助手席の真上がスライド式ベッドになっているらしく、短い梯子《はしご》でのぼれるようになっている。

運転席の真後ろには、テーブルを挟んで向かいあう一対のソファ。助手席の真後ろには同テーブルへ垂直に向かうベンチシートが備わっていた。

ベンチシートの右側は、電子レンジとビルトインコンロ付きのキッチンスペースだ。シンク台と一体化した埋め込み型の冷蔵庫は、七人分のソーダやコーラもゆうゆう冷やせそうである。さすがに本格的な煮炊きは無理だろうが、すくなくともお湯を沸かしてコーヒーを淹《い》れたり、カップラーメンやレトルト食品を食べるくらいなら充分すぎると言えた。

「おおお……」

内装を見まわして、森司は感激の声を洩《も》らした。

「じつはキャンピングカー、いっぺん乗ってみたかったんです。憧《あこが》れでした」

「あたしもー。この秘密基地感がたまらないわよね」

藍がすかさず同意する。

「隅から隅までロマンを感じますわ」

と、めずらしく鈴木まで嬉しそうだ。

ちなみに夏場はどうしても気になる冷房だが、エアコン専用のサブバッテリーが装備され、エンジンをかけなくとも六、七時間は使用可能だという。

運転席真上のスライド式ベッド、後方の二段ベッド、さらにソファをフラット展開すれば最低でも五人が、詰めれば七人が就寝可能らしい。ただし詰められなかったときのことも考慮してだろう、二人分の寝袋がサーヴィスで付属していた。

さらにアウトドア用テーブルセット、カセットコンロ、電池式ランタン等も一セットずつオプションで付いているそうだが、いまは車体部の収納庫にしまわれている。

「わたし、父おすすめの缶詰と、冷凍バゲット持ってきました」

こよみが意気込みもあらわに言う。

「ああそっか、こよみくん家《ち》のお父さん、登山するもんね」

「はい。直火で炙《あぶ》ると美味《おい》しい缶とか、バター醬油《しょうゆ》でいける缶とか、いろいろ教えてもらいました」

藍が手をあげて、

「あたし、レトルトのごはんと各種カレー。あとビールを一箱」

「おれもビール一箱と、酒」と泉水。

「お、おれはカップやきそばを人数分だけ……」

恥ずかしながら、と森司がおずおず申告する。その横で鈴木が、

「八神さんなんて全然良心的ですよ。おれは賞味期限がめいっぱい遠い惣菜《そうざい》パンを、十

個ほど」

と神妙に言った。

「いやー楽しいね。食料がいっぱいで冬眠前みたい。夏だけど」

部長が満面に笑みをたたえて揉《も》み手する。

「ぼくはお菓子とカップラーメン各種と、今晩のキャンプ用の食材持ってきた。もし足りなくなったらコンビニで買い足していけばいいよね。まあそのへんは臨機応変に、おいおい考えていこう」


運転の一番手は泉水で、疲れたら藍、森司の順で交代することに決まった。

キャンピングカーの中は、早くもコーヒーの香りで満ちていた。と言ってもコーヒーメイカーまでは持ちこめなかったので、ペーパードリップのコーヒーである。

部長は旅行にまで愛用のマグカップを持参していた。四次元ポケットのごときリュックから、ビスケットやらチョコレートやら、スナック菓子のたぐいを次つぎと取りだして一同に配っている。

「遠足といえば、やっぱブルボンのお菓子よね」

早速ソファでくつろぎながら藍が嘆息した。

「プチポテトうすしお味とルマンドがあるだけで、これぞ遠足って気分だわ」

「いや藍くん、これ遠足じゃないから。あくまで宝探しだからね」

と打ち消す部長に、森司はベンチシートから身を乗りだした。

「そうだ部長、そろそろ教えてくださいよ。今回の宝探しってのは、どういうお宝をどこでどう探す旅なんですか」

なにしろ昨日は訊《き》いても「内緒」とかわすだけで、いっこうに教えてくれなかったのだ。部長が悠然とコーヒーを含んで、

「ああ。目的地はね、瀬田くんの田舎」

「瀬田くん——って」

森司は眉根《まゆね》を寄せた。

「まさかこないだの、UMAオカルト同好会の瀬田くんですか。白央大の」

「うん、その瀬田くんが今回の依頼人。彼の父方本家近辺に、戦国時代の盗賊が残していった埋蔵金伝説があるらしいんだ。でもそっちはおまけで、ぼくのお目当ては瀬田家ご先祖さまの墓所なんだけどね」

「お墓がどうかしたの？」と藍。

「それがねえ」部長は笑顔で答えた。

「かのツタンカーメンの墳墓のごとく、一歩足を踏み入れただけで祟《たた》り殺されるらしいんだ」

「引き返しましょう」

森司は叫んだ。

「なんでわざわざそんな恐ろしいとこに行かなきゃいけないいんです、それも楽しい夏休みのしょっぱなに」

騒ぐ森司を部長は無視して、

「ツタンカーメンの呪いは有名だからみんなも知ってるよね？　ときは一九二二年、エジプトの王家の谷においてハワード・カーターとカーナヴォン卿《きょう》が未盗掘の墳墓を発見したことから伝説ははじまる。トゥト・アンク・アメン通称ツタンカーメンはほんの数年国を統治しただけの少年王で、生まれつき足が不自由だったそうだ。彼自身も謎の多いファラオだが、その墳墓はもっと謎が多い。

ほとんどの王墓が盗掘に遭う中、彼の墳墓だけはほとんど手つかずで封印されていた。粘土板に彫りこまれた象形文字はこうあった。『死はその翼をもって、ファラオの平安を乱すものをことごとく殺すであろう』。

ツタンカーメンの王墓が公開されたのは翌一九二三年の二月だ。そのわずか二箇月後、カーナヴォン卿は熱病で死亡した。次いで、墳墓の主室に立ち入ったアメリカの考古学者も同じホテルで死んだ。

その後、カーナヴォン卿の死を知ってカイロを訪れた富豪の息子は、ツタンカーメン王墓を案内された当夜に発熱して死んだ。同じく王墓を見学したイギリスの実業家も同様の症状で死亡した。九月にはカーナヴォン卿の弟が死に、さらに四箇月後、ツタンカーメンのミイラの調査を進めていたX線技師アーチボルド・リード卿が死亡した。

その後数年間も犠牲者は相次ぎ、一九二九年にはカーナヴォン夫人、カーターの秘書、ミイラの検死をおこなった二人の医師がそれぞれ肺虚脱、心臓発作で死んだ。この時点で死者は二十二人。『ツタンカーメンの呪い』の著者F・ファンデンベルクによれば、遺跡発掘に参加して早世した考古学者を入れれば、数はもっと膨れあがるそうだ」

そこで言葉を切った部長に、鈴木が問う。

「で、部長がさっき言った〝瀬田家ご先祖さまの墓所〟とやらが、まさにそのツタンカーメン墓所の和製バージョンなんですね？　一歩入ったら祟り殺されるほどの？」

「らしいよ」

と部長があっさりうなずく。森司は腰を浮かせて、

「みんななんでそんなに落ち着きはらってるんですか、おかしいでしょ」

と涙目で訴えた。

「いまの蘊蓄《うんちく》を聞いて『わあすごい、それは是非行ってみたい場所ね』なんて思いますか、いや思わないでしょう普通」

「まあまあ八神くん、そんな反語まで使って興奮しないで」

部長が彼を手で制した。

「きみを安心させる情報が二つあるよ。ひとつはご先祖さまの墓がどこにあるのか、子孫の瀬田くんたちをはじめ誰も知らないってこと。もうひとつは、見つけたところで絶対入るとは決めちゃいないってことだ。正直ぼくも眉唾《まゆつば》ものだと思ってるし、調査した

結果がつまらなかったらすぐ村を出て、秘湯めぐりにでも切り替えるつもりだよ」

「ほんとうですか」

猜疑心《さいぎしん》たっぷりに問う森司に、部長は深く首肯してみせた。

「ほんとほんと。じつはぼく、こないだの長野旅行で湯治に目覚めちゃってね。肩こりと貧血に効く塩化物泉めぐりしたいんだよねー」

「いいなあ長野の避暑地。あたしも行きたかった」

藍が遠い目をしてつぶやく。

「卒業してあらためて知る、長期休暇の有難みよね。ま、社会人は社会人で悪いことばかりじゃないけどさ。でも八神くんたちは後悔しないよう、いまのうち充分楽しんでおきなさい」

2

瀬田大河《たいが》とは、駅の駐車場で待ちあわせた。

キャンピングカーを見て瀬田は目をまるくしたものの、

「これ、せめて依頼料代わりにと駅で買ったんです。安あがりで済ませて申しわけないですが」

と、ビニール袋をがさつかせながら乗りこんできた。ビニール袋には駅構内の惣菜屋のおむすびと、カップ味噌《みそ》汁が人数分入っていた。

車は駅を離れ、高速道路ではなく国道を北に向かって走りはじめた。

高速に乗らないのは部長の趣味だそうで「だって、景色がよくないじゃない」とのことである。

「――で、早速だけど、瀬田くん家《ち》のお宝の話を聞かせてもらっていい？」

鮭ハラミのおむすびを頰ばりながら部長が言う。

その横でオカ研一同も、それぞれ好みのおむすびとカップ味噌汁を遠慮なくいただいていた。

森司は変わり種のドライカレーおむすびと、揚げ茄子《なす》の味噌汁を選んだ。美味《うま》い。もともと美味い惣菜屋ではあるが、キャンピングカーで食べるというシチュエーションが味を三割増しにさせている。

問われた瀬田がカップ豚汁を口から離し、

「では、僭越《せんえつ》ながら説明させていただきます」と咳払《せきばら》いした。

「ええとですね、そもそもおれの地元には、有名な埋蔵金伝説があるんです。戦国時代にあたり一帯を荒らしまわったという盗賊が、ある隠し金山を根城としていまして、そいつが討伐された際、逃走途中に金塊を埋蔵していった――と」

瀬田は一同を眺めまわし、

「またおれの実家の村にはこんな伝説も存在するんです。盗賊の金塊を十七世紀なかばに瀬田萬吉《まんきち》という男が見つけて、村のために秘匿したと」

と言った。

「もっともこちらは盗賊の埋蔵金と違って、村内だけのごくローカルな伝説です。しかし盗賊が討伐されて約百年のちにお宝を見つけたやつがいて、しかもそれが自分たちの身内だなんて、ロマン溢《あふ》れる話じゃないですか。一種の英雄譚《たん》です」

「なるほど。小気味いい話だから村人に人気があって、長年語り継がれてきたってわけだ」

と部長が相槌《あいづち》を打つ。

「そういうことです。ちなみに萬吉は苗字でおわかりのとおり、おれのご先祖さまでして」

瀬田はすこし得意げに言った。

「彼はお宝のありかを自分の取り巻き数人にしか明かさず、自分が亡くなる間際、彼らに命じて一緒に埋葬させたと言われています。あたかもエジプトの歴代ファラオが、みずからの墳墓に豪奢《ごうしゃ》な副葬品を揃えさせたようにね。

そしてツタンカーメンが『平安を乱すものをことごとく殺すであろう』と予告したと同じく、萬吉の墓所に立ち入った者は、容赦なく呪われたと言います。ただファラオと萬吉の違いは、『村のため、ときが来れば宝はおのずと皆の前へ姿をあらわすだろう』

と予言したという点でした」

「『ときが来れば』?」

「はい。意味深でしょう? ときとは村の存亡にかかわる瞬間を指すんだ、なんて説もあるそうですがね。しかし実際には天保《てんぽう》の飢饉《ききん》にも米騒動のときにも、財宝のありかは知れなかった。世界大戦中も、バブルが崩壊しても、現在進行形の過疎化にあってもです」

瀬田はため息をついた。

「そうなればいくら小気味のいい村の英雄譚だとしても、真に受ける者はいなくなる。せいぜいが、酒の席で肴《さかな》にするくらいのもんです。——しかし村内で一人だけ、いつまでも宝探しを諦《あきら》めない男がいました」

彼はスマートフォンを操作して、皆に液晶を突きつけた。

「叔父《おじ》の三郎《さぶろう》です。おれの探検趣味の師匠ですよ」

液晶には、五十代とおぼしき男の画像が表示されていた。

瀬田に似てなかなかの男前である。白髪混じりだが量は充分な頭髪を後ろへ撫《な》でつけ、河川敷を背景にレンズへ笑顔を向けている。ジーンズにメッシュベストという典型的なアウトドアスタイルが、しっくりと板についていた。

「……三郎叔父が変死したのは、去年の秋でした」

絞りだすように瀬田は言った。

「崖《がけ》から落ちて死んだんです。死因は脳挫傷《のうざしょう》だそうで、検死の結果、警察は事故と断定しました。でもおれは、いまだに事故だとは信じられないんです」

「それはなぜ？」

藍がうながした。

「なぜ、事故じゃないと思うの」

瀬田がほんのわずかにためらってから、

「それは……叔父が、死の直前に、おれにメールしてきたからです。『ついに見つけた』と。萬吉の墓探し、ひいては宝探しは、三郎叔父のライフワークでした。彼が『見つけた』と言うなら、それは萬吉の墓所以外にはあり得ない」

と言った。

「おれはメールにすぐ『おめでとう』と返信しました。五分くらい間があいて、叔父から『喜びすぎたせいかな、脳に酸素が足りないようだ。くらくらする』と返事がありました。その夜は、それっきり連絡がとれなくて……」

瀬田は唇を噛《か》んだ。

「三郎叔父の死体が発見されたのは、翌朝のことでした。茸《きのこ》採りに山へ入った老夫婦が第一発見者だったそうです。すでに息はなく、頭蓋《ずがい》が割れて、顔がわからないくらい血まみれだったと……」

「お気の毒に」

部長がまぶたを伏せた。

「それで、叔父さんは墓所に入った呪いで死んだ、ときみは考えているの?」

「わかりません」

瀬田はかぶりを振った。

「ただ叔父自身の調査によれば、『墓所に足を踏み入れた者は、必ずその日のうちに倦《けん》怠《たい》感、発熱から死に至った』そうです。くだんの崖がある山道は、叔父の庭みたいなものでね、彼が幼い頃から何千回となく歩いてきた道です。夜道とはいえ、あそこで足を滑らせるなんて……高熱でも出していない限り、考えられません」

と瀬田は断言した。

「きみは叔父さんが好きだったんだね」

部長が微笑むと、瀬田はこくりと首を縦にした。

「魅力的な人でした。いつまでも子どもっぽいところがあって、永遠の少年って感じでしたね。『小学生の頃から落ち着きがない、忘れ物が多いと注意ばかりされてきた。いまもそのままだ』って自分でも笑ってました。実際、学校の成績は最低だったようです。地頭《じあたま》はけっして悪くなかったんですがね」

「叔父さんは、お仕事はなにを?」

「働いていませんでした。生涯独身の、いわゆる高等遊民ってやつです。叔父がどの仕事も長く勤められないので、業を煮やした曾《そう》祖父母が『うちの養子にして、一生遺産で食わせていく』と鶴の一声で決めたんだそうで」

「一生遺産で。そりゃ優雅だ」

味噌汁を森司はごくりと飲みこんだ。瀬田が苦笑する。

「うちの曾祖父母は土地持ちでしたから、がっぽり相続税を払ったあとでも、叔父が食っていける額くらいは充分残ったようです。まああまりに不公平な話なんで、うちの親父や一郎伯父《いちろうおじ》は不満だったみたいですが」

「叔父さんは三人兄弟なんだ？」と部長。

「はい。わかりやすく上から一郎、二郎、三郎です」

瀬田は白い歯を見せた。

「上の二人は末っ子と違って堅物で、勤勉を絵に描いたような公務員と会社員でした。とはいえ親父たちの気持ちもわからないではないです。自分たちはちゃんとしてるのに、怠け者の弟だけが可愛がられて、遺産の大半をかっさらっていくなんて——と怒りを抱くのは、人間なら当然の感情です。

でも一方おれは、祖父母や曾祖父母の気持ちもわかるんですよ。一郎伯父や親父と違って、三郎叔父はチャーミングな人でした。ありていに言えば社会的落伍者《らくご》なんでしょうが、どうにも憎めない魅力がありました。おれ自身、ほんのガキの頃から、親父より三郎叔父になついていましたし」

「そういえばさっき『おれの探検趣味の師匠』と言ってたものね」

藍が言った。

「瀬田くんも子どもの頃、叔父さんと一緒に宝探しをしたの？」

「はい。おれは都市部に住んでいたので夏休みか冬休みしか会えませんでしたが、二人で夜中まで山を探索したもんですよ。テントを張って泊まりこんだりしてね。親父は『小学生を勝手に連れまわして、朝まで帰さないなんてどういうつもりだ！』とかんかんでした。もちろん親父の言うことのほうが正しいんですが――おれはやっぱり、親父より叔父のほうが好きでしたね」

瀬田は窓の外に視線を流した。

「萬吉の墓探しだって、三郎叔父は金なんかどうでもよかったんです。『金銭的価値よりロマンが重要』といつも言ってました。一銭にもならない遊びばかり、とぶちぶち不平を言う親父たちより、ずっと飄々《ひょうひょう》として格好よく見えた」

瀬田は遠い目をしていた。ありし日の叔父を懐かしむ眼差《まなざ》しだった。

彼は顔を一同に戻して、

「じつはその三郎叔父が――、先日、おれの夢枕に立ったんです」と言った。

「ほう」

部長が短く応《こた》える。

瀬田はカップ豚汁を啜《すす》って、

「最初はただの夢だと思ってました。でもどうにも気になって、夢の中の指示どおり、形見分けでもらったバッグを探してみたんです。そうしたら、あの——ほんとうに、萬吉の墓所にいたる地図らしきものが、出てきて」

　どう思います？　と、上目づかいに彼は一同をうかがった。

「いいんじゃない」

　部長が明るく笑う。

「きみの叔父さんの立場なら、そりゃ思い残すことが多々あって当然だ。馬鹿馬鹿しいとは思わないよ。もしかして夢枕のくだりがあるから、ＵＭＡオカルト同好会じゃなくぼくらのほうに話を持ちこんだのかな？」

　と笑った。瀬田がばつ悪そうにうつむく。

「すみません。あっちはまだ夏美さんの一件でごたついてるし、オカルト同好会を謳《うた》っているわりに、ＵＭＡ以外の非科学的現象にはいまいち懐疑的なもので……」

「なるほど。で、瀬田くんの依頼はどっちがメインなのかな？」

　部長は指を組んだ。

「叔父さんの遺志を継いでの墓所探しと、叔父さんの死の真相究明と」

「両方です。……ですが、どっちかというと後者です」

　瀬田はそう断言してから、ふっと苦笑した。

「ややこしい話ですよね。事前にすべて説明しておかなくてすみません。面と向かってじゃないと、信じてもらえない話かと思って」

「いやいや、いいのいいの」

部長は鷹揚《おうよう》に手を振った。

「ツタンカーメンの呪い。宝探し。叔父さんの死。メインの謎は三つか。せっかくの夏休みなんだし、取りかかる謎は多いほうがいいさ。……ところで、国道ルートの休憩ポイントをいまのうち確認しといたほうがいいよね。それと日帰り温泉もピックアップしとこう。できれば女性陣の意見メインで、いくつか選んでおいてよ」

3

さらに十分ほど走り、キャンピングカーは道の駅で停まった。

「そろそろ泉水ちゃんもごはん食べないとでしょ。あたし運転替わるわ」と藍が言い、

「じゃあぼく、今晩のキャンプ用にちょっと野菜買っとく」

と、部長がこよみをともなって産直の売店へ降りた。

泉水は皆より四十五分遅れの昼食タイムとなり、「運転手へのねぎらい」として部長に蕎麦《そば》御膳《ごぜん》を奢《おご》られていた。

森司はまずトイレに向かった。手を洗い、売店を冷やかしに一巡して車へ戻る。

野菜を見つくろっている部長たちを横目に、車体下部の収納庫をひらいてランタンやカセットコンロ、虫よけネットなどを確認していると、瀬田がふらりと近寄ってきた。

「どうも」

「あ、どうも」

いまさらながら、間の抜けた挨拶《あいさつ》をかわす。

「おたくの部長さん、変わってますね」

瀬田が笑顔で言った。

「うちの播磨さんも変人だけど、それ以上だ」

「はは」

相槌《あいづち》に困り、森司は笑ってごまかした。

こうしてみると瀬田は、森司よりすこし背が低いようだ。いかにも年上に可愛がられそうな優しげで甘い顔立ちである。その瀬田が森司にぐっと顔を寄せ、

「それより女子部員のお二人……。どちらもすごい美人ですね」

と、急に声を低めてささやいた。

「はじめて見たとき、芸能人かモデルかと思いましたよ」

「だろうな」

森司はなぜか胸を張ってしまった。だがそこは事実であるからして、まあ素直に受けてもいいはずだ。謙遜《けんそん》するとかえって嫌味であるし、実際オカ研には数少ない自慢のひとつである。

産直の売店にいるこよみを、森司は遠目に見つめた。

今回の旅は基本的にアウトドアだからだろう、こよみは珍しくパンツスタイルだ。ことに今日は、非常にレアなスキニーデニムである。

あとで藍さんに集合写真を撮ってもらおう、と森司はひっそり考えた。おれがいま、携帯でこよみちゃんだけ狙って撮ったのでは盗撮になってしまう。貴重なデニム姿のワンショット写真が欲しいのはやまやまだが、彼女に人並み以上にいやらしい男だと思われたくはない。せめて標準程度と思われていたい。

そう考える森司を知ってか知らずか、瀬田がさらに顔を近づけてきた。

「……で、誰が誰の彼女なんですか」

「え？」

森司が目をしばたたく。

瀬田はその脇腹を肘《ひじ》で突いて、

「とぼけないでください。あんな美女が二人もいて、両方ともフリーってことはないでしょう。年齢からいって、三田村さんは部長さんの？　まさかもう婚約してるとか？」

無害そうな顔に似合わず、激しく追及してくる。

「いや、えーとその」

森司は返答に困った。

うちはそんな雰囲気のサークルじゃないんで、と答えるべきか。いやしかしそう言ってしまったら、おれ自身はなんなんだ。こよみちゃん目当てで入部し、かつ片想いしつづけているおれに、その台詞《せりふ》を言う資格はあるだろうか。

森司が逡巡《しゅんじゅん》していると、

「べつに隠さなくていいですよ。どこのサークルだって似たようなもんじゃないですか。うちなんか沙穂さんが入部した途端、播磨さんが目の色変えて『あの子に手を出すな』と戒厳令を出したという、じつにわかりやすい伝説が……」

と瀬田が両手を広げた瞬間、ちょうど背後から来た鈴木と腕がぶつかった。

鈴木のキャップがはずれて地面に落ちる。

「あ、どうも……」

謝罪しかけて、瀬田は目をまるくした。

「――じ、女性だったんですか」

いまのいままで勘違いしていました。こんな美しいかたに対し、なんとも失礼をば――と米搗《こめつ》きばったのごとく謝罪する瀬田に、

「お気になさらず」

と鈴木がキャップを拾って首を振った。

「……最近こんなんばっかでね。なんや知らん、諦《あきら》めの境地に達しつつありますわ。いやこっちの話です、なんかすんません」

4

一行は夕焼けで空が色づく時刻まで国道を走りつづけ、入浴のみOKの温泉施設で一時間休んだのち、キャンプ場へ向かった。

「今晩はここで一泊するからね。さて夕飯の用意をしよう」

と部長が宣言する。

まずは管理棟で受付を済ませたのち、彼らは網と鉄板付きのバーベキューコンロをレンタルした。炭と着火剤は別売りだが、軍手やライターは泉水が持参していたし、油、塩胡椒《しおこしょう》、ゴミ袋などはこよみが用意してきていた。

準備は泉水と藍主導で、てきぱきと進んだ。

森司はキャンピングカーに積まれたテーブルセットを広げ、ビールのケースを取りだした。こよみは紙コップと紙皿、割り箸《ばし》、おしぼりを揃えて配った。瀬田はキッチンばさみで野菜を切る役目をまかされた。

「みんな、虫よけスプレー持ってる？　ないなら貸すけど」

「あ、部長もこれ使ってるの？　これほんとに虫が寄ってこないのよねー」

「ぼく肌が弱いから、こういうの自然とくわしくなっちゃうんだ」

などと部長と藍が女子同士のごとく盛りあがるのを後目に、泉水が手際よく炭で火を熾《おこ》していく。

部長提供の〝今晩のキャンプ用食材〟とは、焼けばいいだけの味付きカルビ、同じく炙《あぶ》って塩を振るだけでいい鶏モモや軟骨やつくね、ぼんじりやハツの串《くし》であった。さらに道の駅で買ったピーマンやキャベツ、茸《きのこ》を切ったそばから網に載せていく。

「飲みもの全員にいきわたった？」

「ビール足りなくない？　大丈夫？」

肉から脂がしたたり、いい匂いがしてきたところで、

「はい、乾杯！」

「かんぱーい！」

と全員で唱和した。

紙コップあるいは缶に口をつけ、喉《のど》をそらして呷《あお》る。

長い吐息をついたのち、火の立ちのぼる焼き網へ箸《はし》を伸ばす。

キャンピングカーで食べるおむすびも美味《うま》かった。しかし夜空の下で食べる肉とビールはまた格別に美味い――と森司は思った。

焼きたての熱いやつを網から直接とって頬ばり、火傷《やけど》しそうな口内に、すかさず冷えたビールを流しこむ。美味すぎて、耳下の唾液腺《だえきせん》がきゅうっと痛む。

部長が愛用のマグカップに甘いカクテル缶を傾けながら、

「さて瀬田くん、アルコールも入ったことだし、きみの先祖の瀬田萬吉の話を聞かせて

よ。彼はいったいどうやって、どこで隠し財宝を見つけたの？」と訊《き》いた。

瀬田は口から慌てて串を離した。

「具体的にどこでどう、という伝説は残っていないようです。ただ萬吉は昔から『村のため、村のため』という男だったと言い伝えられていましてね。たとえば喧嘩《けんか》を仲裁するとき『村の者同士で争って、村に益はない』と説教したとか、隣人を嘲笑《あざわら》った男を『仲間を笑うより、すすんで手を貸すべきだ』と叱りつけただとか。おれなんかから見ると偉そうでいけ好かない男ですが、とにかく彼が財宝を探しつづけたのは、ひとえに『貧しい村のため』が目的だったと言われています」

ま、どこまでほんとうかわかりませんけど――と瀬田は付けくわえた。

「萬吉は村の英雄だから、逸話にはいろいろ尾ひれがくっついてそうだね」

部長が苦笑する。

「だと思います。ご清潔なエピソードを挙げていくときりがないくらいですよ。とはいえ忠実な取り巻きが生前からいたのは事実らしいから、それなりに立派な人ではあったんでしょう」

「ああ、財宝を萬吉とともに埋葬したのが〝取り巻きたち〟だものね」

「全部で何人いたのかしらね。財宝とやらを萬吉から横取りしようと企《たくら》む人は、その中に一人もいなかったのかしら」

と藍が言う。

「いや、じつは裏切り者もいたんだそうです」

瀬田はビールの缶を置いて、

「取り巻きは十人ほどいたようですね。そのうちの一人の文悟《ぶんご》という男が『財宝を村のために使うなんて馬鹿馬鹿しい、都会《まち》へ出ておれたちだけで楽しもう』と萬吉をそそのかしました。しかし萬吉が取りあわなかったため、根にもった文悟は、数日のうちに彼を崖《がけ》から突き落として殺してしまったんです」

「崖から」

思わず森司は繰りかえした。

「ご先祖さんは自然死じゃなかったんだ。しかし崖から落ちて死亡、というのは」

「ええ。偶然でしょうが三郎叔父《おじ》と同じです。いやな符号ですよね」

瀬田は眉《まゆ》を曇らせた。

「萬吉の死後、取り巻きたちはこっそり彼を密葬し、宝も一緒に隠しました。そして『この秘宝が何百年後かに村を救う』というのが、おれの本家周辺に伝わる伝説です」

「宝のありかに関して、なにかヒントはないのか？」

泉水が問う。

「たとえば『八つ墓村』の、竜の顎《あぎと》がどうのって暗号文。あんな感じの手がかりが残ってないなら、宝はずっと秘蔵されたままで村を救うこともできやしないだろう。萬吉の子孫だけに残した暗号だとか、そういったもんはないのか」

「それがですね」

瀬田はちょっと言いよどんで、

「順を追って説明しますが、まず萬吉の直系の子孫というのは存在しないんですよ。厳密に言えば、おれん家は萬吉の弟の子孫なんです。萬吉は『子を作ると、自分の子だけが愛《いと》しくなってしまうから』と、結婚さえしなかったと言われていまして……」

「はあ、徹底してるねえ」

部長が感嘆した。

「女性に興味がなかったわけではないんだ？」

「内縁の妻はいたそうですよ。ただしそれも、萬吉のご立派エピソードにすり替えられてますけどね。『身寄りのない不幸な女だったが、萬吉の寵愛《ちょうあい》を受けたのちは笑顔の絶えない女となり……』って具合に」

「その内縁の奥さんは、萬吉の死後はどうしたの？」と藍。

「失踪《しっそう》したとか、出家したとか言われてます。村から姿を消したようですが、くわしくはわかりません」

「萬吉を殺したとされる文悟は？」

「追放されたそうです。すみません、萬吉以外の登場人物は基本的におまけ扱いなんで、あまり情報がないんですよ。ただ文悟の親族はその後、村八分にされたようですね。蔑《べっ》視《し》に耐えられず、一族郎党で村を出たと伝わっています」

瀬田はぐっとビールを飲みほして、

「――と、ここで話を戻しますが」

と酔いのまわってきた目で一同を眺めた。

「あるんです。じつはさっき泉水さんが言った、その――暗号文」

手の甲でぐいと唇を拭《ぬぐ》う。

「すみません、もったいぶってるつもりはないんですが、しらふじゃ話す気になれなかったんです。前も言ったように、ぼくらは普段UMA探索がメインでして、そのほかのジャンルはちょっと……」

「ああうん。そこはいいから」黒沼部長がさえぎった。

「その暗号というのは、誰が遺《のこ》したものなの？　さっきの子孫云々《うんぬん》の口ぶりだと、萬吉本人ではなさそうだけど」

「ええ」

瀬田はひとつ息を吸いこんで、

「三郎叔父が夢枕に立った――と言いましたよね。夢枕の指示に従ったら、バッグから萬吉の墓所にいたる地図が出てきた、と」

と言った。

「その地図に、暗号文らしきものも添えられていたんです。いやほんとうに暗号かはわからないですけど、とにかくそれっぽいものです」

瀬田はリュックを探り、クリアファイルを引き抜くと、オカ研一同に向かって差し出した。

「上のが地図で、下のがその、暗号らしきなにかです」

森司は身を乗りだし、ランタンに照らされたクリアファイルを覗《のぞ》きこんだ。

なるほど二枚の用紙が挟まれている。上の地図はなんとも精緻《せいち》な筆で丁寧に描きこまれていたが、暗号文とやらは小学生のように稚拙な字だった。

『EM5：1　20：1　21：19－20』

と読める。

部長が眼鏡を押しあげて、「これ、原本だよね？」と瀬田に確認した。

「じゃあ明日にでも、コンビニでこいつのコピーをとらせてもらおう。いやぁ、いよいよ楽しくなってきたね。明日から本腰入れて探検にかかるってことで、ひとまず今夜はぱーっと騒ごうじゃない」


すでに陽は完全に落ち、頭上は満天の星空である。頃はちょうど旧暦の七夕にあたり、まさに川の流れのような星群が空を横断している。

バーベキューコンロの網では、つぶ貝と牡蠣《かき》の缶詰が大蒜《にんにく》とオリーヴオイルでふつふつと煮立っていた。誰にでも簡単にできて美味い、アヒージョというやつである。解凍したバゲットの薄切りに載せ、お好みによりタバスコをふると、いくらでも胃に入っていくから困る。

森司はビールを飲み、野菜と肉を食べた。さらにビールを飲み、缶に残ったアヒージョのオイルと粒マスタードをバゲットに塗ってたいらげた。いつの間にか泉水はスキットルのウイスキーに切り替えていた。

その後も森司はビールを飲み、焼き鳥を食べた。泉水からすこしウイスキーをもらって紙コップで水割りにし、缶ごと炙《あぶ》ったコーンバターを食べた。締めには、ミニサイズのカップうどんを啜《すす》っておひらきとした。

――さ、さすがに食いすぎた。

よろけながら、森司はキャンピングカーへ戻った。

胃が重いし、頭は酔いで朦朧《もうろう》としている。なんとか鉄板を洗って片し、歯をみがいたのは最後に残る良識というやつだ。

キャンピングカーでは、すでに全員が就寝中だった。女性陣用の二段ベッドは、厚いアコーディオンカーテンで閉ざされている。運転席上部のスライド式ベッドでは部長と泉水が、ソファをフラット展開にしたベッドでは瀬田が眠っていた。

ひいふうみ、と人数を数えて、鈴木がいないことに気づく。

ふと車の窓から外を見ると、ジッパーを全開にした寝袋の上で鈴木が寝転がっているのが見えた。

ということは自分もあれの仲間になるべきだな、と森司は思った。よく知らない瀬田と並んで眠るのは御免こうむりたいし、部長たちのベッドにあがりこむ度胸もない。

森司は音をたてぬよう車を降りた。

鈴木にならって寝袋をジッパー全開にし、敷き布団のごとく芝生に広げる。

ふと不安を感じ、部長おすすめの虫よけスプレーを全身に噴射した。熟睡中の鈴木にも、真上からたっぷり噴きかけてやる。

数メートル先では、まだ宴会中のグループがわいわいと声高に騒いでいた。しかし「うるさいな」と思う暇もなく、彼は一瞬で睡魔にさらわれていった。

5

まぶしさで森司は目を覚ました。

腕をあげ、はめたままのスポーツウォッチを見る。午前八時四十分だ。時刻のわりには日差しがきつく、今日も暑くなりそうな気配であった。

森司は上体を起こし、自分の体を確認した。

驚いたことに一箇所も蚊に刺されていない。

どうやらほんとうにあのスプレーは効くらしい。文明の利器すげえな、と感心しながら彼は寝袋をたたみ、隣の鈴木を揺り起こした。

二人でキャンピングカーへ乗りこむ。車内にはすっきり目覚めた者もいれば、そうでない者もいた。コンロにかけられたポットが、しゅんしゅんとさかんに湯気を吐いている。

「朝食どうする？　二日酔いの人はコーヒーだけにしとく？」

「ティーバッグがあるので紅茶も飲めますよ」

「じゃ、あたし紅茶にしよっと。ああ八神くん、鈴木くん、おはよ。鈴木くんが持ってきてくれたパン、朝ごはんにしてもいい？」

点呼をとった結果、完全に二日酔いなのは瀬田だけだった。オカ研一同は車内で優雅にコーヒーもしくは紅茶、ツナや玉子の惣菜《そうざい》パンをいただいた。

約一時間のち、部長が音高く手を叩《たた》いた。

「さて、そろそろチェックアウトの時刻だ。受付に確認したら、キャンピングカーのタンクはここで給水していいっていってさ。汲《く》み終えたら出発しよう」


車はさらに国道を北へ疾走した。

カーナビを信用するならば瀬田の本家がある村まで、午後三時にはたどり着くはずである。しかし二日酔いの頭を冷えピタで押さえた瀬田が、

「あ……それはちょっと、早いかも、しれないです」

と唸《うな》りながら言った。

「本家の一郎伯父《おじ》は定年退職しましたが、まだ嘱託で役場勤めをしているんです。一般

的なお盆休みまで、あと数日あるから、今日は出勤日かと……。だから六時ごろまで、きっと伯父は不在と思います……」

「そうか」部長はうなずいた。

「それならすこし寄り道していくのがいいかもね。村外にお住まいだという、叔父《おじ》さんのお友達と先にお会いしとこうか。アポは明日だったっけ。一日早められないか、確認してみてくれないかな？」

「はい……」

瀬田はうなずき、シャツの胸ポケットからスマートフォンを取りだした。


市街地へは午後一時過ぎに到着した。

どこの地方都市も、国道沿いの景色はたいして変わらないなあ、と森司は妙なことに感心した。居並ぶ看板はファミレス、家電量販店、紳士服専門店、回転寿司に全国チェーンのラーメン屋と、どれも見慣れたロゴばかりだ。

カーナビの指示通り左折し、走ることさらに三十分。見渡す限り田圃《たんぼ》ばかりの一角に、目当ての家はあった。

築何十年かもわからぬ木造の平屋建てで、格子に磨《す》りガラスのはまった引き戸は、なんと捻締錠《ねじしまりじょう》のみである。おそらく近隣が親類ばかりゆえ、防犯の必要性を感じないのに違いない。

「こりゃまたでかい車で来たねえ。ああ、そのへん適当に駐《と》めときゃいいさ。どうせ土地は余ってんだ、どこ置いたって邪魔にもなりゃしねえ」

　と無造作に言いはなった家主は、瀬田三郎の元同級生だという。

　アポイントメントを一日早めてしまった無作法を部長が詫《わ》びると、

「いやいや、稲刈りの時期までは暇だからいいさ。田圃の水見て、カメムシ退治くらいしかすることねえしな。それより早よう上がりな。なにもねぇが、かかあに冷たい茶でも出させっから」

　と奥の座敷を親指でさした。

「いやあ、三郎のやつは、気の毒したね」

　家主の男はまず瀬田に向かって、悔やみの言葉を言った。

「こう言っちゃなんだけど、まあ、あいつらしいよ。失礼を承知で言うけど、畳の上で死ねるタイプじゃなかったもんなあ」

「……でしたね」

　瀬田は麦茶のグラスを手で包んでうなずいた。

　オカ研の一同は彼の背後で、すすめられた藺草《いぐさ》の座布団を敷いて座っていた。

　縁側の雨戸が開けはなたれ、簾《すだれ》越しに蝉の声と涼しい風が吹きこんでくる。周囲に高い建物がないせいか風の通りがよく、湿気をほとんど感じなかった。

「三郎とは中学が同じでね。あいつんとこはもっとずーっといったとこの、山ん中の村だけどさ。ここいら一帯は家より田圃や山ばっかだから、子どもの数もすくないわけだ。だから三つの村の子どもらをまとめて、一つの小学校に通わせるわけだね。そんでもって中学はさらに二つぶんの小学校を合わせて、校区としてまとめとったのさ」

だから中学校は、よその村の子ばっかでねぇ――と家主は顎《あご》を撫《な》でた。

「知らんやつばかりだったが、おれと三郎はすぐ仲良くなったよ。というか、あいつぁ誰とでもすぐ仲良くなれるやつだったね。学校の成績なんかからっきしなんだが、教師にも生徒にも好かれてた。子どもみてぇな無邪気さと、歳よりませた部分がこう、ごっちゃになっててさ」

「ませてた？　叔父《おじ》が？」

瀬田が意外そうに訊《き》く。家主は苦笑して、

「ああいや、こんな話を甥《おい》っ子さんにしていいんかわからんが」

と前置きした。

「三郎は、けっこう女にもてるやつだったのさ。あいつぁガキみたいなふりしてるわりに、女あしらいがうまくてね。まあ顔も悪くないし、人好きするたちだしで、寄ってくる女はすくなくなかったよ」

「知らなかった」

呆然《ぼうぜん》と瀬田が言う。

「叔父は子どもっぽい人でしたし、生涯独身だったから、てっきりそっち方面は全然縁がなかったのかと」

「あーいや、うん、まあ独身どうこうは、本人の意向もあるんでないか」

家主は顎を掻《か》いた。

瀬田の背後から、部長がひかえめに口を出す。

「本人の意向、とはどういう意味ですか」

「うーん……。ま、あいつも亡くなったことだし、時効だから言ってもいいよな」

家主はため息をついた。

「三郎にはね、〝忘れられない初恋の人〟とやらがいたんだよ。どこの誰だか、おれぁ名前も顔も知らんがね」

「ほう」部長が相槌《あいづち》を打つ。

「ロマンティックですね」

「ああ。いい歳こいてお宝探しが諦《あきら》められんかったのも、もとはと言やぁ、その女性と分かちあった夢だからだそうだ。しらふじゃさすがに口にせんかったが、酔ってるときなんかに、ぽろっとこぼす感じだったね」

「その女性は、三郎さんの葬儀には来られなかったんですか」

「いやあ、あいつわく『永遠に手の届かないところにいっちまった人』らしいからね。つまり、あいつより先に亡くなったんだと思うよ。すくなくとも、知らん女が葬儀に来てた覚えはないいな」

家主は団扇《うちわ》でゆるく顔を扇《あお》いで、甥っ子の瀬田を見た。

「最後の最後に、三郎とやりとりしたのはおまえさんらしいな？」

「あ、はい。そうです。そうだと……思います。というか電話じゃなくて、メールでしたけど」

瀬田はつかえながら答えた。家主がうんうんと首肯する。

「ついにお宝を見つけたんだってな。なのに肝心なときに足をすべらすなんて、まあ、なんとも三郎らしい話さ。あいつぁ昔っから粗忽《そこつ》というか落ち着きがないというか、大事な線が一本二本すっぽ抜けたやつだったから」

嘲《あざけ》る口調ではなかった。むしろ、慈しむかのような語気だった。

さやかな風が通り、縁側に吊《つ》るされた南部風鈴が涼しげな音をたてた。

「結局お宝は、三郎の死とともにまた封印されちまったわけだが――ま、そのほうがいいかもしれんね」

家主がグラスに麦茶を注ぎ足しながら言う。

「だってほら、あいつんとこの村は、お宝を村全体のもんだと思ってるんだろう。見つけた三郎の権利なんぞ、無視されるのが目に見えとるさね。埋蔵金てやつに税金がどれくらいかかるもんか知らんが、あっこの村なら国民の三大義務も平気で無視するだろうしなあ。役場勤めの村民も、何人かいるはずなんだがね」

「くだんの村が、あまり好きではないようですね」

部長が言うと、

「まあな」

と家主は悪びれもせず肯定した。

「中学にあの村のやつらが何人かいたがな、おれが仲良くなれたのは三郎だけさ。なんというか、あっこの住民は独特なんだよな。同じ日本語をしゃべってるのに、どっか言葉が通じないというか、微妙に感覚が違うというか――うまく説明できんが、あっこだけの特殊な空気があるんさね」

「特殊、ですか」

「ああ。だから三郎と飲むときゃ、いっつもこっちに来てもらってた。あいつの家で飲むってこた一度もなかったよ。三郎の兄貴に、あの目つきでじろじろ見られるのもいやだったしな」

家主はそう言い、がぶりと麦茶を呷《あお》った。

6

そこから日帰り温泉に寄ってくつろいだせいで、瀬田の本家に着いたのは午後八時近かった。日が長い季節とはいえ、さすがにとっぷりと夜である。

本家というだけあって、瀬田一郎の屋敷は立派だった。

正面から門構えを見るとまるで寺院だが、さすがに梵鐘は吊るされていない。門扉はなく、本瓦葺《ほんかわらぶき》の屋根を載せた門柱に左右ひとつずつ提灯《ちょうちん》が掲げてあった。違棒紋《ちがいぼう》を斜めに傾げたような家紋が、火灯《ほあか》りを透かして浮かびあがっている。

「珍しいデザインの家紋だね」

「そうですか？　集落の中じゃ、ほとんどの家がこれです」

部長のつぶやきに、瀬田が応《こた》えた。

「あ、キャンピングカーは向かいの空き地に駐めておいてください。どうせそこも伯父の所有地ですから」


わざわざ玄関まで出迎えてくれた瀬田一郎は、三郎とも甥の瀬田大河ともあまり似ていなかった。

見たところ六十代なかばで、酒焼けした顔のまわりに量の乏しい縮れ毛がまとわりついている。小柄だが肥《ふと》り肉《じし》で、浴衣《ゆかた》に包まれたビール腹が前へ突き出ていた。

「田舎なもんで、たいしたもてなしはできないんだ。すまんね」

「いえそんな。お邪魔させていただけただけで充分です」

一郎は神棚を背に、居間の上座に座った。彼が「幸江《さちえ》」と奥へ声をかけると、細君があらわれて皆に座布団をすすめた。亭主とは対照的な痩《や》せぎすの女だ。一郎は彼女に顎を突きだして、

「おい、朱屋《あけや》の若いのに電話して催促しろ、注文しといた穴子はまだかってな。それから酒の用意だ。人数分のグラスと、ビールをとりあえず五本ほど持ってこい。足りないようなら青縞屋《あおしまや》に持ってこさせろ」

と言った。幸江がうなずいて、暖簾《のれん》の向こうへ消える。

「いやそんな、どうぞおかまいなく」

黒沼部長は固辞するように手を振った。

しかし一郎は口をへの字にして、

「そうはいかねえさ。大河はおれにとっても甥っ子だ。三郎ほど遊んでやったとは言えんが、こんなときくらい、せめて本家らしく見栄を張らんとな」

ちくりと毒を感じさせる口調だった。思わず森司は横目で瀬田大河をうかがったが、当の彼は慣れているのかそれとも鈍いのか、涼しい顔をしていた。

もてなしの膳《ぜん》は十分ほどで整った。

穴子の白焼き。枝豆。茄子《なす》や獅子唐《ししとう》、オクラの天婦羅。梅肉と大葉を載せた冷奴《ひややっこ》などが揃い、缶ではなく瓶ビールが並べられた。

乾杯の音頭ののち、部長が邪気のない笑顔で言う。

「申し遅れましたが、ぼくら大河くんと同じサークルの『民俗学研究会』の者です。大学は違うんですがいわゆるインカレサークルというやつでして、所属の垣根を超えて親しくさせていただいてます」

大嘘だ。しかし笑顔を崩さず、部長はさらに言葉を継ぐ。

「お疲れのところすみませんが、こちらの村の風習についていくつかお訊《き》きしてもよろしいでしょうか。こちらのお宅といい、まるで文化財だ。ぼくら民俗学好きには、まさにお宝のような場所ですよ」

よく言うなあ、と森司は内心で感嘆した。

黒沼部長の実家はこの屋敷以上に古式ゆかしく、はたまた敷地も広く贅《ぜい》を凝らしているはずだ。その証拠に部長の背後にひかえた泉水は目を閉じて、五感のほとんどを意図的に遮断している。

しかしそんな事情などつゆ知らぬ一郎は、

「まあ、おれに答えられることなら」

とまんざらでもない顔で寛容にうなずいた。

「ではさっそく。一郎さんがさきほどおっしゃっていた〝朱屋〟とか〝青縞屋〟というのは、村内の屋号なんでしょうか?」

と部長が問う。一郎は手酌で自分のグラスへビール瓶を傾けて、

「ああ。この村じゃあ屋号にたいがい色が入るのが普通だね。かく言うこの家も屋号は〝碧屋《へきや》〟だ。紺碧《こんぺき》の碧さ。珍しいかね?」

「浅学ながら、ぼくの知っている限りではそうですね。一般的には職業であるとか、立地の特徴、立場などを屋号にするケースが多いようでした。たとえば〝桶屋《おけや》〟だとか

〝四つ角〟、〝担ぎ屋〟なんてふうにです。色分けというのははじめて聞きましたが、でもそれはそれでわかりやすくていいアイディアだなあ」

部長が微笑む。つられたように一郎も頰を緩ませた。

「あちらの神棚も、ぼくみたいな若輩者には興味深いです。失礼ですが、注連縄《しめなわ》も紙垂《しで》も御神鏡も置かれないんですか」

「うちゃぁ昔っからずっとこうだよ。榊《さかき》と御神酒《おみき》は欠かさんようにしとるが、縄なんぞ飾ったことがないな。村じゃあどこでもみんな同じようにやってる。年が明けたら鎮守さまから御神札《おふだ》をもらってきて、取り替えるのが一番の肝だな」

森司は神棚を見あげた。

彼の乏しい知識では、御神札というのは神社の名か、天照大御神《あまてらすおおみかみ》など神様の名が漢字で記してあるものだ。

しかし瀬田一郎宅の神棚に掲げられている御神札は、なんとも簡素に見えた。いや札とすら呼べまい。墨筆で丸を描いただけの白い紙が、本来なら御神鏡があるべき中央にぶら下がっている。

「うちの村じゃ、円形が尊いとされてんだ」

森司の疑問顔に気づいたのだろう、一郎が言った。

「だが珍しかぁないだろう。お日さまだってお月さまだって、地球だって丸い。太陽神や月神を崇《あが》める国はどこにだってある」

「なるほど。天照大御神を極限まで抽象化すれば、円になるかもしれませんね」

部長が相槌《あいづち》を打つ。

「じゃあご先祖の萬吉さんの墓所のありかも、円形になにかしら関係あったりするんでしょうか」

「さてね」

一郎はかぶりを振って、

「墓なんて、わざわざ暴くもんでねぇさ」

吐き捨てるように言った。

「伝説では『時が来れば、おのずと姿をあらわす』とされてる。それを信じねぇで探しまわって掘りかえすなんて、不信心もいいとこだ。三郎のやつぁ……」

ばちが当たったんだ、とはさすがに言わなかった。彼は口をつぐみ、ふたたびグラスに手酌でビールを注ぐと、一気に呷った。

部長がやんわりと微笑する。

「一郎さんは、信心深くていらっしゃるんですね」

「こんな僻地《へきち》の村に生まれりゃね、人間誰しも神さまだなんだとすがりたくなるさ。おれぁただ、ご先祖さまの気持ちもわかるってだけさね」

「山間にあるせいで、ここは昔から貧しい村だったそうです」

瀬田が脇から口添えした。

一郎は首を縦にして、

「まあ冬は出稼ぎに行かなきゃ食えんてぇのは、うちの村だけじゃなかったがね。問題はそれ以外の季節もろくに食っていかれんかったことさ。かといって山の下と違って平地がすくないもんで、農牧地を広げることもできねぇ。——まわりの村にゃ、『男村』なんて呼ばれて馬鹿にされたもんさ」

「男村？」

尋ねかえした森司に、一郎が頰をゆがめる。

「学生さんで、民俗学やっとるならわかるだろ。貧しい寒村だと、いろいろほら、な」

森司は答えを察し、かろうじてうなずいた。

——間引き。人身売買。

寒村で娘を女衒《ぜげん》に売る習慣ができたのは、江戸時代からだという。

それ以前は『牝牛《めうし》ならば生まれて嬉《うれ》しいが、娘はいらぬ』、『娘三人もてば炉の灰までなくなる』と言われ、『男のお子ならとりあげろ、女のお子ならおっちゃぶせ（押し潰《つぶ》せ）』という子守歌まであったと近代社会史の講義で聴いた。

子守や奉公に出さねば稼げないし、跡取りにもならない女は、生を歓迎されず、産み落とされてすぐ間引かれた。近代に入っては、十代前半で女郎もしくは女工として売られた。

間引かれるか、売られるか——どちらにしろ娘の多くは、村で成長し生きることを許されなかった。となれば当然、村内には男ばかりが溢《あふ》れかえる。

「とはいえ産まれた男が全員生かされたってこたぁないがね。三男、四男なんてのは売れもせんで、女より役に立たんと言われたそうだ。そうさな、つまり三郎なんかは、世が世ならあの歳まで育ちもせんかった、ってことだ」

いらぬ台詞《せりふ》である。

この人はよほど末弟と折り合いが悪かったんだな、と森司は思った。

ともあれ、「この村は特殊」だと言われる一端がおぼろげながらわかった気がした。度を越した貧しさと、男ばかりが山間にうごめく村。周囲の蔑視《べっし》と、それに対する村人たちの自己嫌悪と反発心。

「なるほど。ご先祖の萬吉さんが『村のため、村のため』と連呼していたという理由がわかってきました」

部長が首肯した。

「過酷な環境と蔑視と貧しさから、彼は村を救いたかったんですね」

「そういうこったな。まあ実際いかほどのことができたんかは知らんよ。だが無私の人であったのは確かなようだ。その証拠に萬吉を悪く言うやつぁ、いまだに村にはいねえ。萬吉の『探すな』という言いつけを破って、墓暴きをしようなんて考える不届き者もおらんかった」

「ごく少数の例外を除いては、ですね」

「ああ」

一郎は穴子を口に放りこみ、顔をゆがめて咀嚼《そしやく》した。

「萬吉の遺体とお宝は、取り巻きが厳重に隠したと言われとる。それでも数名が誤って墓所に足を踏み入れ、必ずその日のうちに高熱を出して死んだそうだ」

「萬吉さんは土葬にされたんですよね？」

「ここらじゃいまでも半数近くが土葬さ。さいわい埋めるスペースにだけは困らんしな。みな、火葬はなんとなく抵抗があるんだなあ」

と一郎が後退した額を撫《な》でた。

その瞬間。

ふ、と空気が変わった気がした。

うなじがかすかにちりつく。覚えのある感覚に、森司は顔をあげた。

そして、凍りついた。

一郎の背後、神棚の斜め下あたりの壁に――。

〝顔〟が浮いていた。

男とも女ともつかぬ顔だった。輪郭は曖昧《あいまい》で、肌の色は壁に溶けこんでわからない。

ただ見ひらいた眼と、歯を剝《む》きだして大きく笑った口だけが在った。

笑っているのか――？　と森司は訝《いぶか》しんだ。

そう視える。そう感じる。

だが睨《にら》むように凝視してくる瞳《ひとみ》は、一瞬後に恐怖の叫びをあげそうにも、同時に悲鳴じみた哄笑《こうしょう》を発しそうにも思えた。

恐怖か、歓喜か、どちらかの感情をあらわにする一瞬前の表情を、切りとって固めたような顔だった。ひどく奇妙で不安定な表情だ。見つめていると、こちらの心まで揺らいでくる。

見たくない——なのに、そらせない。

「八神」

泉水が低くささやくのが聞こえた。

森司ははっとし、耳をそばだてた。泉水の声に集中しなくてはいけない。でないと、あの瞳に持っていかれそうだ。

「ゆっくり首ごと動かして、目をそらせ。……鈴木もだ」

泉水が再度ささやいた。

「無視しろ。気づかないふりしてろ」

はい、と口の中で森司は答えた。

ビールで湿したはずの舌が、いつの間にか乾ききっていた。呼吸が喉《のど》に詰まる。

言われたとおり、森司はごくゆっくりと首を左に曲げていった。視界から〝顔〟が消えるまで、そむけつづけた。

異変を悟ったのか、部長が怪訝《けげん》な視線を送ってくる。泉水が目顔で部長に合図するのがわかった。森司は不自然に首を曲げたままテーブルのグラスに手を伸ばし、気の抜けたビールで口中を潤した。

「あの、伯父《おじ》さん」

奇妙な空気の中、ためらいがちに瀬田が切りだした。

「電話でも言ったように、おれ、三郎叔父《おじ》さんの遺品を整理したいと思ってまして。……形見分けできるような、叔父と親しくしていた人を村内にご存じないですか」

「親しいやつ、ねえ」

一郎は首をひねった。

「村の外になら何人かいるはずだがな。村内でとなると、あいつと同じくはぶれもんの、拝み屋の女くらいか。ほれ、白屋《しろや》んとこの隣に住んでる後家さんだ」

「ああ、昔遊びに行ったことがあります。ほかにはいませんか？」

「あとは……村の人間じゃあないが、あのおかしげな学者先生だわな。幸江、あの人の名前はなんといったっけ」

暖簾《のれん》の向こうに一郎が声をかける。

細君は顔を出さず、

「小美濃《おみの》先生です」と声だけで返事をした。

「そう小美濃。あの学者先生とも、あいつはなにやらこそこそやっとったな」

一郎はぼやくように言い、甥《おい》に向かって片眉《まゆ》を吊《つ》りあげた。

「言っとくがな、大河。三郎について調べるのはいい。だが間違っても、宝探しなんぞしようと思うな。おれぁ、身内から二人も不信心者を出すのは御免だ。村でのおれの立場も考えろよ」

そう告げる彼の背後に、すでに例の〝顔〟は見えなかった。

7

その夜は一郎の家に、瀬田大河と女性陣が泊まることになった。残りのメンバーはむろん、キャンピングカーで寝泊まりである。

昨夜に引きつづき黒沼従兄弟《いとこ》コンビは運転席上部のスライド式ベッドで、鈴木は瀬田が使っていたソファベッドで就寝が決まった。

「じゃあ八神くんは奥の二段ベッドね。上でも下でも好きに使って」

「え、そんな——いいんですか」

森司はその場に立ちすくんだ。

二段ベッドは昨夜、藍とこよみが眠った場所だ。さすがにシーツも枕カバーも替えてあるとはいえ、やはり躊躇《ちゅうちょ》してしまう。

しかし部長はスライド式ベッドから手を振って、

「藍くんはべつにいいって言ってたよ。でも八神くんがどうしても気になるなら、昨日みたいに外で寝ればいいさ。じゃね、おやすみ」

と言うだけ言ってタオルケットをかぶってしまった。

泉水はすでにいびきをかいている。アルコールにさほど強くない鈴木も、とうに寝入ってしまったようだ。

森司は二段ベッドを振りかえった。

――ここで、こよみちゃんが、昨夜……。

アコーディオンカーテンに閉ざされてはいたものの、朝に見た荷物の様子からしてこよみは下段で寝たようだ。つまりこのマットレスと、この枕が直接でなくとも彼女に触れたわけで、この掛け布団にいたっては彼女の体を覆うという、無機物ごときにあるまじき役得を得たわけで。

森司はベッドの横へ膝《ひざ》を突いた。

そろそろと指を伸ばし、まずは枕を撫でてみる。

うん、枕だ。ただの枕だ。人が頭を載せるための寝具であり、そこになんらの意味はない、ホテルだって旅館だって枕カバーを洗濯して替えるだけで、枕そのものを一回一回使い捨てたりはしない。マットレスとて以下同文だ。

――落ち着け、おれ。

森司は深呼吸した。

意識するな。意識するとかえっておかしいではないか。いや違う。おかしなことなど考えてはいない。断じて考えていないが、勝手に鼓動が速まっていくのだ。おまけに顔が熱くなり、わけもなくじっとしていられない気分になってくるのだ。

サブバッテリーのエアコンが効いているはずの車内が、やけに暑い。額に、背中に汗が滲《にじ》む。

「ね……寝るか」

自分に言い聞かすように、そうつぶやいてみた。

「もう眠いし、みんな寝てるし……うん、寝よう。おれも寝よう」

しかし踏ん切りがつかなかった。だってこのベッドでつい十四時間前まで、こよみちゃんが。

ほんとうにいいんだろうか。天はおれを許すだろうか。いかに枕カバーを替えたとはいえ、同じ枕に顔を伏せるなどと彼女に対する冒瀆《ぼうとく》ではないのか。変態と誹《そし》られはしないだろうか。

——いや考えすぎだ。

きっとそうだ。おれはきっと彼女いない歴イコール年齢の病をこじらせすぎているのだ。ここはもう、さらっと横たわってしまえばいいのだ。

眼前にあるのはただの寝具で、ただの布だ。そうだ、ベッドと寝具が揃っているのに就寝しないほうがよほど不自然じゃないか。こうして逡巡《しゅんじゅん》しているほうがよほどおかしいのであって、つまりなにが言いたいかというと、さっさと寝ろよおれ。

「よ、よし……」

寝るぞ、よし寝るぞ。そう意気込んで、下段ベッドに片足をかけた瞬間――。

キャンピングカーのドアが開いた。

「あ」

「あ」

入ってきたのはこよみだった。森司はベッドに片足をあげた姿勢のまま、彼女と数秒、呆然《ぼうぜん》と目を見合わせた。

「あ……先輩、あの、すみません。ちょっと忘れものをしたみたいで、まだ電気が点いていたから、みなさん起きてるのかなって、だから」

「い、いやあ」

森司は腑《ふ》抜けた声を発した。

「わ――忘れもの、ってなに」

「ま、枕のあたりに、髪を留めるダッカールクリップがないかと……」

「クリップ。ああちょっと待って。あった、これだよな?」

「これです。ありがとうございます――」

「いや――」

意味もなく、二人はその場でしばし見つめ合った。

すこし遠くで虎鶫《とらつぐみ》の単調な鳴き声がした。

すでにTシャツとスウェット姿の森司とは違い、まだこよみは部屋着でも寝間着でもなかった。

だが髪が心なしか生乾きだ。おまけに石鹸《せっけん》のいい匂いがする。近視ゆえの濡《ぬ》れた瞳《ひとみ》が潤んで揺れて、長い睫毛《まつげ》が――。

だが、先にわれに返ったのはこよみだった。

「――ありがとうございます。ではわたし、これで。おやすみなさい」

「ああ、うん。おやすみ」

早口で森司は応じた。

彼女が小走りにステップを降りていく。ドアが閉まった。

たっぷり三秒後、森司は深い深いため息をついた。

結局彼は昨夜も使った寝袋を持ってきて、二段ベッド脇の床に敷いてその上で寝た。さすがに床はキャンプ場の芝より硬かったが、よく効いたエアコンのおかげで、さしたる寝苦しさは感じない。

アルコールのおかげか精神的疲労のせいか、横になるとほぼ同時に、森司の意識は深いところまで落ちていった。

8

翌日はやや気温がさがり、気持ちのいい朝だった。

森司たちは車内でコーヒーを沸かし、こよみ持参のバゲットの残りにハムやナーズを載せ、辛子マヨネーズで食べた。泉水だけは「物足りない」と、さらにカップ焼きそばまでたいらげた。

九時過ぎに藍とこよみと合流し、一行は〝拝み屋の女〟とやらの家へ向かった。場所は瀬田が知っているという。むろんキャンピングカーではなく、徒歩での道程である。

蝉の声と鳥の声を背に、彼らはゆったりと村内を歩いた。

農作業用の帽子とゴム長靴で歩く村民たちが、すれ違うたびぎょっとした目を向けてくる。見慣れない顔に一瞬戸惑うのだろう。

しかし三郎によく似た顔の瀬田大河が頭を下げると、皆一様に「ああ」と納得顔になった。「素性はわかった。それならいい」と、あからさまに興味をなくした顔つきになる。

「実家を思いだすなあ」

部長がのんびりと言った。

「黒沼《うち》本家の近所もこんな感じだよ。ね、泉水ちゃん」

「まあな。だがよそもんが滅多に入り込まない、通りかかりにくい立地の集落ならどこもこんなもんだろ」

泉水が応《こた》える。

「血が繋《つな》がってるってだけじゃない。自分たちの富と安全を守るための、強固な運命共同体だからな。日々の防犯装置としちゃかなり優秀な上、警備会社なんぞに頼むのと違って無料だ。排他的ってのは、べつに悪いことばかりじゃねえさ」

「でしょうね」

と鈴木が相槌《あいづち》を打って、

「おれなんか中途半端な都会で生まれ育ちましたから、こういうの、むしろ悪うないなと思ってしまいますわ。他人に無関心で、自分の権利だけに敏感で——なんてのより、まだしも人間的やないですか」

緑の山肌は圧迫感を覚えるほど近くにせり出し、視界は空の青と山の緑にほぼ二分されている。

人の声はほとんどなく、あたりを支配するのは蟬の声、鳥のさえずり、川のせせらぎ、そして防災無線のスピーカーから流れる定期放送だけだった。

行き過ぎる民家の壁には『オロナミンC』、『アース製薬』、『金鳥』などの看板が錆《さ》びだらけで残存しており、道の六割は舗装されていない。

「ああ、あれがどうやら〝朱屋〟さんだ。仕出し屋さんなのかな。〝青縞屋〟さんは酒屋か」

部長が手を目庇《まびさし》にして言った。

道の向こうに、琺瑯《ほうろう》製のレトロな看板が見える。仕出し屋の看板は褪《あ》せた朱、酒屋の看板は青白の細縞に彩られていた。

はるか遠くに見える煙草屋の看板は、お馴《な》染《じ》みの赤地に白丸抜きで『たばこ』の字が入ったデザインだが、屋根に掲げられた商店名の看板は渋い濃紺であった。

「売ってる品物の色みと、屋号の色はイコールしないんだな」

森司の慨嘆を、瀬田が拾った。

「そこは関係ないみたいです。ちなみに〝白屋〟さんは商店じゃなく、あっちの小路にある普通のおうちですよ。屋号が付いた当時は下駄職人だったそうですがね。そのお隣が、例の拝み屋さんのお宅です」

「ちなみにそのかたの屋号はなんていうの？」部長が訊《き》く。

瀬田は答えた。

「確か、瑪瑙屋《めのうや》さんです」

その語尾にかぶさるように、椋鳥《むくどり》が耳障りな威嚇の声をあげる。声につられて森司は目線をあげた。

やや小高い丘の端に、男が一人立っていた。

途端、森司はぎくりと身を強張《こわば》らせた。

男はこちらを見て、笑っていた。

その笑みは昨夜、瀬田一郎宅の壁に浮かんでいた〝顔〟にどこか似ていた。微笑んでいるのに温度を感じさせない笑み。同じほど心のない笑顔――。

ただしそこに、昨夜視たような狂気はなかった。

男は七十歳前後に見えた。白の開襟シャツに、折り目のないチノパンツ。銀縁眼鏡が似合う容貌《ようぼう》は端整だった。あの〝顔〟をもし視ていなかったら、きっと上品なロマンスグレイの紳士と思っただろう。

森司が呆然と見あげている間に、男はきびすを返した。背を向けて、林の中へ去っていく。

横から手の甲で腕を叩《たた》かれ、森司ははっとわれに返った。

泉水だった。かがみこんで、顔を寄せてくる。

「見たか?」

「あ、ああ。はい」森司はうなずいた。

「どう思う」

「よく――わかりません。生きてる人間で、なにも憑《つ》いてはいないように視えました、が」

「おれも同じだ。だが、なにかひっかかる。次に見かけたら教えてくれ」

「はい」

森司は同じく放心していた鈴木の肩を叩き、泉水の言葉を小声で伝えた。鈴木は夢から覚めたような顔をして、かろうじて顎《あご》を引いた。

彼ら三人に気づかず歩きつづけていた瀬田が、前方を指でさす。

「あそこら一帯が、萬吉を裏切ったとされる文悟の親族が住んでいた区域ですよ」

だが彼が指さす先には、見るべきものはすでにないように思えた。崩れた石垣と、もとは土蔵だったのだろう漆喰《しっくい》壁の一部が残っているのみだ。

「文悟の一族が夜逃げ同然に去ったのは、何百年も前のことです。なにも残っちゃいないのは当然といえば当然なんですが……やっぱり侘《わ》びしいもんですね」

瀬田の声は沈んでいた。


「拝み屋の女」こと瑪瑙屋は、三郎と同年代ながら、なかなかに色気を残した風情の女性だった。

オカ研の一行が訪ねたとき、彼女は柄杓《ひしゃく》で庭に打ち水をしていた。たすき掛けにした駒絽《こまろ》の着物は粋な滝縞《たきじま》で、襟から伸びた首の白さといい、山間の田舎には不似合いな艶《なま》めかしさである。昔は銀座のクラブにいたと自己紹介されても、あやうく信じてしまいそうだ。

かすかに彼女は鼻歌を歌っていた。一音を長く低く引きのばす、耳馴染《みみなじ》みのない不思議なメロディだ。

「それ、なんの歌ですか？」

庭に踏み入りながら、部長が笑顔で問うた。無遠慮だが不躾《ぶしつけ》に見えないのは、身についた育ちの良さというやつなのだろう。

女は鬢《びん》のほつれ毛を指でかきあげ、微笑みかえした。

「あなたたちが、電話をくれた学生さん？」

つづけて瀬田大河に目をやると、

「そして、あなたが三郎さんの甥《おい》っ子だわね。ずいぶん三郎さんに似てきちゃって。ちっちゃい頃、この家に遊びに来たの覚えてる？」

と彼に歩み寄り、婀娜《あだ》な仕草でかるく叩く。

美人ではないが、色白で下ぶくれの頬と重たげな一重まぶたが、藍が洩《も》らした独り言いわく「うーん。いちいち色っぽい」。

一郎が後家さんと言っていたから、夫に先立たれた女性なのだろう。亡夫が遺《のこ》したとおぼしき邸宅は平屋造りの日本家屋で、庭も広大だった。

表札には『山地《やまじ》』とある。黒板塀に囲われて緑の木々が生い茂り、州浜や石灯籠《どうろう》や、鹿威しが据えられていた。

「さっきの歌は、村に伝わる童謡みたいなものよ。なんていうか、魔除《よ》けの歌の一種。だから三郎さんもよく歌っていたのにね、駄目だったわねえ。……あ、ごめんなさい」

彼女は手で口を覆った。

「中へどうぞ。なにもないけれど、日陰くらいは提供してあげられるわ」

女は伊都子《いつこ》と名乗り、一同を囲炉裏の切られた居間へ案内した。真夏ゆえ炉に火はもちろん入っておらず、自在鉤《じざいかぎ》には鍋《なべ》も鉄瓶も掛けられていない。

台所へ消えた彼女を森司たちが待っていると、伊都子は驚いたことに、朝の十時にもならぬというのに瓶ビールと人数分のグラスを運んできた。

「どうせ夏休みでしょう。学校にも働きにも行っていなくて、運転もしない日ならこれが一番のおもてなし。さ、遠慮しないでどうぞ」

結局一分後には、全員がグラスを受けとっていた。

伊都子はくいとビールを一杯飲みほしてから、笑顔で一同を眺めまわすと、

「あなたと、あなたと、あなた」

泉水、森司、鈴木を順に指さした。

「普通じゃないでしょう」

しばし、静寂が居間に落ちた。

「あ、——……」

声を発しかけた森司を無視し、

「驚いた？　あたしはね、人を視るのよ」と伊都子は含み笑った。

「だから代々この村で〝拝み屋〟と呼ばれているの。でも生きてる人の背負ったもんが視える代わり、死びとは視えない。あなたたちは……うん、たぶん死びとを視る人らのほうだわね」

手酌で自分のグラスにビールを注ぎ、ふたたびくいくいと呷《あお》る。

「厳密に言えば種類は違うんでしょうけど、あたしらは広い意味じゃ仲間よ。きっと他の人より、脳だか目だかの神経が一本ばかし多いんだと思うわ」

「なるほど。では拝み屋さん」

黒沼部長が身を乗りだした。

「生きている頃の三郎さんは、あなたにはどう〝視え〟ましたか」

「いい人だったわよ」

伊都子は即答した。

「いつまでも子どもみたいで、業も濁りも背負っちゃいなかった。彼のお兄さんたちが歯痒《はがゆ》く思うのもわかるけどね、でもあれはああいう人だったのよ。まわりがどうこう言ったところで、どうしようもないわ。受け入れてあげなきゃ」

「彼は困った人だったんですか。伊都子さんも困らされた？」

「いいえ、あたしはちっとも」

こともなげに首を振る。

「むしろ村内じゃ珍しい、付き合いやすい人だったわ。だってなにも背負ってない上、あたしになにを視ろとも強いてこないんだもの。さいわいあたしの力は強くないんで、視ろと言われない限りは視ないし、視たくもないのよ。この家を訪ねてくる、唯一の純粋な友人と言えたんじゃない」

「三郎さんはこのお宅によくいらしたんですね」

部長はうなずいて、

「では拝み屋としてのあなたを頼っていなかったとしたら、失礼ですがなんのお話を？」

「お宝とか、彼の〝タキさま〟の話とかね」

さらりと伊都子は答えた。

「タキさま？」

「知らないの？　瀬田萬吉の内縁の奥さんの名前よ。この村じゃあタキさまといえば女の理想像。良妻の鑑《かがみ》。永遠のマドンナ。ベアトリーチェかジナイーダかってなものよ」

と、意外に教養ある一面を伊都子は覗《のぞ》かせた。

彼女は顎をあげ、背後の神棚を仰いだ。瀬田一郎宅と同じく、そこには墨筆で丸を記した紙が中央に飾られていた。

「……つまり三郎さんは、彼のマドンナにもマルさまにも見捨てられちゃったのね。まさに命運が尽きて死んだんだわ」

伊都子がつぶやく。

部長はグラスを置いた。

「あの墨で描いた円のことですか？　マルさまというのは」

「ええ。うちの村ではあれこそが崇《あが》める対象なの。こんな山ん中の寒村じゃ、日が照るか照らないかは死活問題だものね。太陽そのものが神だったんでしょうよ。原始宗教って、たいがいそんな感じじゃない？」

やはり彼女にはそれなりの教養と素養があるらしい。部長は微笑んだ。

「なんだかあなたの口から、あらためて瀬田萬吉伝説を聞きたくなってきたな」

伊都子が手を振る。

「いえいえ、あたしが説明したって同じよ。村の英雄萬吉はお宝を見つけたけれど、仲間に裏切られて死んだ。取り巻きたちは萬吉の遺言どおり、彼をお宝とともに葬った。村に宝が、真に必要となったときのためにね。裏切り者の文悟は萬吉の死後、間を置かず死に、タキさまも姿を消した。もっとも彼女については諸説あるけれど」

「諸説とは？」

「あとを追って死んだとか、尼になったとか、彼女も萬吉と一緒に埋められたとか、いろいろよ。さっきも言ったようにタキさまは理想の女性像でね、マルさまと同一視して崇めてる家もあるくらい」

「日本じゃ太陽神は天照大御神、すなわち女性ですからね。世に広く知られたエジプト神話やギリシア神話の太陽神は男ですが、神話学者の中には『太古の神話では太陽神は女神が主流であった』と唱える者もすくなくない」

うんうんと部長は自分の言葉に首を縦にして、

「タキさんはもとは、身寄りのない不幸な女性だったそうですね。しかし萬吉に愛されてからは幸福だったとか。内縁の妻という立場で平気だったのかな」

「どうだかねえ。萬吉に心酔しきっていたようだから、彼が『わが子だけが愛《いと》しいような男にはなりたくない』と言ったなら従うほかなかったんじゃない。いつもにこにこと立ち働く、気立てのいい女性だったそうよ」

「良妻の鑑ですね。それとも〝男にとって都合のいい女〟かな？」

部長の言には答えず、伊都子は肩をすくめた。

「ところで――」

言いかけた部長の声が、ふいに遠くなるのを森司は感じた。

全身の肌が、一気に粟立《あわだ》った。

――まただ。

背中の産毛がそそけ立つ。指さきが冷えていく。

昨夜も覚えた感覚だ。視線を、圧力を感じる。あらぬ場所から凝視されている。きっとその口は、歯を剝《む》きだして笑っているはずだ――瞳《ひとみ》の表情とは裏腹に。

森司はうつむいていた。かたわらの鈴木も、顔をあげぬよう努めているのがわかった。

伊都子が唇をひらいて、

「来てる、の？」

と問うた。

「ああそう、来てるんだわね。でも大丈夫よ、目を合わせないでいれば、いつか消えるから――」

「知っているんですか」尋ねたのは泉水だった。

「あれの存在と、正体も？」

しかし伊都子はかぶりを振った。

「いいえ、あたしには死びとは視えませんからね。ただ気配を感じるだけ。わかるのは、お宝の話をしてると〝寄ってくる〟ってことくらい。あたしの祖母なんかは裏切り者の文悟じゃないかと言っていたけど、それが正しいかどうかもわからない」

「ではお宝の話はよしましょう」

部長が言った。

「ぼくにはなにも視えないし感じない。でもそいつがお宝の話に反応するというのなら、あなたのお話をしようじゃありませんか。伊都子さん、あなたもこの村で生まれ育ったんですか？」

「ここで生まれたけれど、育ってないわ」

伊都子は笑って答えた。

「あたしは中学を卒業するまで、父方の祖父母と町に住んでいたの。父は拝み屋なんていうわけのわからないものを、あたしに継がせたくなかったんだわねえ。でも高校へはいかずに親戚《しんせき》のお店で働いていたら、なんの因果か村の男に見初められちゃってね。結局ここへ、嫁として戻ってきたってわけ」

「瑪瑙屋というのは、もともと旦那《だんな》さんの屋号なんですね？」

「そう。あたしの実家の屋号はそのまま〝拝み屋〟よ。いまはあたしを瑪瑙屋と呼ぶ人と、拝み屋と呼ぶ人が半々くらいだわね」

伊都子は横座りになって、

「だから三郎さんと知り合ったのは大人になってから。あの人、みんなにかるく見られていたけど、評判のような馬鹿じゃなかったわよ。頭の回転そのものは速かったと思う。話してて楽しかったし、人気者だったしね。でも落ち着きがなくて、邪気がなさすぎた。普通の会社勤めがつとまる人じゃなかったわ」

と言った。

「じつを言うとあたし、亭主が亡くなってから三郎さんとちょっといい仲になったこともあったのよ。亭主が遺した財産があるから、男に働いてもらう必要もないしね」

「それは再婚まで考えたということですか？　それとも内縁？」

「もちろん内縁よ。でもやっぱりうまくいかなかったわ。三郎さんのほうが、やっぱり初恋のマドンナが忘れられないとかで」

伊都子はわずかに唇をゆがめた。

例の視線の圧力が、室内からゆっくりと消えていくのを森司は感じた。ひそかに、ほっと息をつく。

部長が質問を継いで、

「その初恋の女性のお名前はご存じですか。三郎さんのご友人は、もう亡くなったんじゃないかとおっしゃってましたが」

「ええ、きっと亡くなったんでしょう。でも名前は知らないし、くわしい事情も知らないわ。彼も二十代の頃は村を出ていた時期があったから、その当時に知り合ったひとなんじゃないかしら」

彼女は額に垂れた髪をかきあげた。

「ただ彼女の知人だか親類だかに、近ぢか会うようなことは言ってたわね」

「ほう」

「確かえーと、『彼女はもういないけれど、あの頃に戻ったような気分だけでも味わえるかもしれない』なんて言ってね。かなり喜んでいたわよ」

「それはいつの話です」

「三郎さんが亡くなる一週間前か、十日前かな。ちゃんと会えたのか、それとも会えずに死んだのか、それも結局わからずじまい」

伊都子はふっと笑って、

「やだわ。禁煙中なのに、こんな話をしてると煙草がほしくなる」と言った。

微妙な間があいた。びっしり汗をかいたグラスから、音もなく水滴が流れ落ちる。

空気の隙間を狙い、

「あのう」と、遠慮がちに森司は声を発した。

「ちょっとお聞きしたいことがあるんですが、いいですか」

「いいわよ、なに？」

伊都子が彼に首を向ける。森司はちょっと声をあらためて、

「ここへ来る途中、七十歳くらいの男性を見たんです。白の開襟シャツに銀縁眼鏡で、ロマンスグレイて感じの」

「ああ、小美濃先生ね」

伊都子はあっさりと答えた。

「いつもふらっと村に来ては、知らない間にふらっと去っていく変人の先生よ。偉い学者さんはやっぱり変わってるんだわね」

「その先生は、三郎さんとも親交があったとお聞きしましたが」と部長。

「そりゃそうよ、小美濃先生のお目当ても萬吉の宝だもの。と言っても学者先生だけあって、お金どうこうが目的じゃないみたいよ。専攻は民俗学だか考古学だって言うから、むしろ狙いは名声のほう？」

「三郎さんと小美濃先生は、探索を協力し合っていたんでしょうか」

「いいえ、コンビってわけではなかったみたい。たぶん情報を交換していただけじゃないかな。先生がこの村に来はじめたのは、十年……ううん、十五年くらい前かしら。最初のうちは学生をぞろぞろ連れてきたもんだけどね、奥さんが亡くなられてからは変人度が増して、最近じゃもっぱら一人でふらふらしてる。大学も辞めたとか聞いたわ」

「小美濃先生のフルネームはおわかりになりますか？」

「ええとね、ちょっと待って。初対面のときに名刺をもらったはず」

彼女は卓袱台《ちゃぶだい》の下から洋菓子の缶を引っぱりだし、中を探った。

「あったあった。小美濃昭《あきら》よ。昭和の昭って書く昭。雪越大学社会地域文学科、民俗学・博物学専攻だって」

「雪越大学——？」

部長と藍、泉水が顔を見合わせた。

「ええ、そう書いてあるわよ」

伊都子は名刺の表を彼らに向け、ひらひらと振ってみせた。


七人でビールを一杯ずつ飲み干したところで、部長が「ではそろそろ」と座布団から腰を浮かせた。

「お邪魔しました」

口ぐちに言い、頭を下げ、三和土《たたき》に並べた靴を順に履いていく。仏間の障子戸が開いて、お盆支度を済ませたらしい仏壇が覗《のぞ》けた。菊桔梗《ききよう》の図柄を浮かせた置き提灯《ぢようちん》が、仄《ほの》青い光を回転させている。

最後に靴を履き終えたのは森司だった。

お邪魔しました、と言いかけた刹那《せつな》、背後から伊都子が呼びとめてきた。

「ちょっと待って、あなた」

森司は立ちどまった。

声が聞こえたらしく、すぐ前方にいたこよみも足を止めて振りかえる。

伊都子はしげしげと森司を凝視して、言った。

「あなた、お母さんかお祖母《ばあ》さんか——身近に、とっても〝強い〟人がいるでしょう」

森司は目を見張った。

母のことだ、と直感的に悟る。菩提寺《ぼだいじ》の住職に「きみのお母さんはちょっといないくらい、まぶしい人」と言わしめた、現役看護師の母だ。

「それから、そっちのあなた」

伊都子は次いでこよみを見やった。

「子どもの頃、体が弱かったでしょ。でもこの男の子と出会ってから、偏頭痛やめまいや微熱の頻度が下がったでしょう？」

「どうしてそれが」

わかるんですか——とこよみが言うのを待たず、伊都子はつづけた。

「この男の子の親族にいる〝強い〟人が、その余波でもってあなたも守っているんだわね。うん、あなたの中にも誰か護《まも》り人がいるようだけど、それだけじゃ足りないわ」

二人を見比べて、彼女は言った。

「あなたたち、結婚しなさい」

一拍の間ののち、

「えええぇぇ!?」

森司とこよみの口から、異口同音に叫びがほとばしった。

「ちょ——え？　い、いきなりなにを。というか人生の重大事を、そんな軽々しく玄関先で、なぜ」

一瞬にして全身汗みずくになった森司に、

「だってそれが一番いいもの」

しれっと伊都子は言いはなった。

「い、いいいものって、あのですね」

森司の舌がもつれた。

駄目だ、全身の毛穴から発汗が止まらない。心なしか視界まで狭まってきた気がする。

ごくりと森司はつばを飲んだ。

「お——おれはべつに、あれですよ。かまいませんよ。でも、か、彼女に失礼じゃないですか。彼女にだって選ぶ権利というやつが。なあ灘？」

勢いよくこよみを振りかえる。

しかしこよみは彼に背を向け、なぜか庭の樫《かし》にひしと両手でしがみついている最中だった。木から離れる気配はなく、森司からその表情はうかがいようがない。

「な、灘？」

どうした、ショックすぎて具合でも悪くなったか、と森司はあやぶんだ。慌ててふためく彼をよそに、

「まんざらでもないみたいじゃない」

と伊都子がにんまりする。

「やめてください、外野からお気軽なことを言うのは」

森司は吠《ほ》えた。

「そういった不用意なことを言われますとですね、せっかく何年もかけて日進月歩で築いてきた彼女との関係が壊れるかもでありまして、要するに困るんです。というかおれたちはまだ学生ですし、学生の本分は勉強ですし、第一彼女とはまだ付き合えてすら」

「べつにいますぐ結婚しろとは言ってないわよ」

「そうじゃなくて」

森司は額の汗を手で拭《ぬぐ》った。

「唐突にそんなことを言われましても、かかか彼女の意向というのもありますから、おれだけ勝手にその気になって盛りあがってもあれですし、だいたい結婚なんてそんな大それたこと。こよみちゃんの花嫁姿なんてそりゃあとてもいいと思いますが、ぜひ見たいですが、というかおれは、さっきからなにを言ってるんでしょうか」

「こっちの台詞《せりふ》よ。あなたなに言ってるの」

「なに言ってんですかね」

森司は伊都子と顔を見合わせた。

「あ、いたいた。八神くん、こよみくーん」

門柱の向こうから、飛び石を踏んで駆けてくる足音がした。黒沼部長だ。

「なにしてるの。二人がいないのに気づいて、途中でみんな引きかえしてきたよ」

「す、すみません」

森司は思わず姿勢を正した。

「あの、灘、行こう。それじゃどうも失礼します」

いまだ樫の木に貼りついているこよみをうながし、彼は伊都子に会釈した。

9

道はゆるい勾配《こうばい》ながら、のぼりがつづいていた。

鬱蒼《うっそう》とした木々のおかげで直射日光が当たらないのだけがさいわいだ。こりゃあ女性陣もパンツスタイルにスニーカーで来て正解だったな、と森司は思った。とはいえ藍もこよみも疲れた様子はなく、山道にへこたれているのは黒沼部長のみである。

「あー、神社だ。やっと見つけた……。ひ、一休みしよう」

あえぎながら部長は前方を指さした。

S字にくねる道の先に、確かに本殿らしきお社が見える。

しかし森司は違和感を覚えた。なにかがおかしい。というか、簡素すぎる。いや素朴で質素な神社はいままでに何度か見てきたが、圧倒的に足らないものがある。

――鳥居がない。

その神社には、神域と俗世を隔てるための鳥居がなかった。また瑞垣《みずがき》もなく、神社の名を刻んだ石柱すら存在しない。

境内は芝と玉石で完全な真円形に区切られていた。在るのは柿葺《こけらぶき》の拝殿に賽銭《さいせん》箱、手水舎《ちょうずや》、御神木に石灯籠《どうろう》のみである。

「円形の神域かあ。ここでも、マル、なんだね」

泉水に支えられながら、部長は神域の手前で座りこんだ。

「あー、しんどい……。藍くん、ごめんだけど手水舎とか本殿とか、ここにあるもの全部、デジカメで撮っといて。そんで、あとでぼくにデータちょうだい。あと五分は休まないと、動けそうにない」

「もう、だらしないなあ」

とぼやきながらも、言われたとおり藍が神域の諸々にデジタルカメラを向けていく。

当の部長は泉水がつくった日陰で、こよみにクリアファイルで扇《あお》がれながらミネラルウォーターを飲んでいた。

森司はぐるりと境内を見まわした。

果たして本殿なのか拝殿なのかもわからぬ社は、風雨と年月で煤《すす》ぼけている。何度か修繕されてはいるのだろうが、建立はすくなくとも百年以上前だろう。とはいえ目立って変わった点はないようだった。

御神木は大木を通り越し、巨木である。大人二人が両手をまわしてやっと届きそうな太さの幹だ。

枝葉がつくるだだっ広い日陰に、白い石灯籠が据わっている。

なにか不自然だと思いつつ眺め、森司はようやく違和感のもとに気づいた。基礎の石台がなく、灯籠の竿《さお》が直接土中に埋まっているのだ。中台《ちゅうだい》の下が円形に張りだしており、ここにも「マルさま」の象徴が見てとれた。

「あ、なにかしら」

灯籠を撮っていた藍がつぶやく。

森司が覗きこむと、てっぺんの宝珠の中央に直径一センチほどの穴があいていた。石かなにかをくり貫《ぬ》いた跡に見える。

「宝玉でも嵌《は》まってたのかしらね。泥棒に遭った?」

「いや、刃物で傷つけた跡はない。これは最初から穴だけで、なにも嵌まってなかったんじゃないかな」

ようやく動けるようになったらしい部長が、にじり寄ってきた。

「この灯籠は一郎さん家《ち》と、瑪瑙屋さん家にあったのと同タイプだね。今夜一郎さん家に戻ったら、同じような穴があるか確認してみよう」

三郎が住んでいた家は、神社をはるかに過ぎた山道の突きあたりに建っていた。

まわりを竹林に囲まれた小体な家である。木造の二階建てで、一階には水まわりと居間、二階には寝室と書斎と三間きりしかないという。

瀬田が口をひらいて、

「三郎叔父《おじ》は曾祖父母の養子にはなりましたが、家屋敷と家督は一郎伯父《おじ》が継いだんです。叔父はここに住みついてからは、本家宅にはほとんど寄りつきませんでした」

玄関は施錠されていなかった。瀬田がドアを押し開ける。

竹林の日陰になっているおかげで、家内は薄暗いが涼しかった。

上がり框《がまち》にはものが溢《あふ》れかえっていた。古本、古い自転車、ラジカセ、陶製の傘立て、十年は前の型だろうパソコン、一脚きりの椅子……雑多な品で埋まって、けもの道のような細い通路がかろうじて廊下の奥へつづいている。

「叔父はものが捨てられない質《たち》でね。これでも整理したほうなんです」

苦笑しながら、瀬田は靴を脱いで框へあがった。自転車と段ボールを脇へどけると、階段があらわれた。

手まねきする瀬田につづくかたちで、オカ研一同は二階への階段をのぼった。

寝室はやはりがらくたで埋まっていた。

書斎は比較的ましだったが、やはり整理整頓《せいとん》の四文字にはほど遠い。棚にはノートや書き付けのたぐいが区別なく乱雑に突っこまれており、古紙の黴臭《かびくさ》さが鼻を衝《つ》いた。窓は積み重なったノートで塞《ふさ》がれ、換気もできない。

「三郎さんは、日記とかはつけてなかったのかな」

部長が言う。瀬田は首をかしげた。

「うーん、ちょっとしたメモや、覚え書きみたいなのはよく書いてましたよ。でも他人が見てわかる形式で残していたとは思えません。叔父は長い文章なんて書かないし、書けない人でしたから」

瀬田の許可を得て、森司は棚からノートを一冊引き抜いてみた。

ぱらぱらとめくる。例の暗号文と同じ稚拙な筆跡で、罫線《けいせん》を無視して書きなぐられている。だが添えられている絵はどれも抜群に上手《うま》かった。正式に学んだ絵ではないのだろうが、とにかく精緻《せいち》である。

「見てください、これ」

スケッチブックをめくっていた鈴木が声をあげた。

皆で彼の手もとを覗《のぞ》きこむ。そこには若い女性の全身像が、何枚もスケッチされていた。

十代後半から二十代前半といったところか。地味づくりの清楚《せいそ》な容貌《ようぼう》だった。横顔ばかりだが、まぎれもなく同一人物である。

デッサンは完全に正確とは言えないかもしれない。しかし線は達者だったし、丹念な描きこみに愛情と執着が感じとれた。

「どこかにモデルの名前は書いてない？」

「ないようです」

　スケッチブックには女性像に混じって、神社の写生も何枚かあった。さっき通ってきたばかりのあの神社だ。拝殿や御神木、石灯籠をじつに丁寧に写しとっている。

だが十分もしないうち、一同は埃《ほこり》臭さと黴臭さ、そして壁と障子紙に沁《し》みついた脂臭《やに》さにギブアップした。スケッチブックとノート類をまとめて借り、三郎の家を出る。

　五メートルほど歩いたところで、畑仕事帰りらしい男と行き会った。

手ぬぐいをかぶり、片手に胡瓜《きゅうり》や茄子《なす》の詰まった袋を提げた男だ。顔も手足も、赤銅いろに焼けている。

　男は一行を見て、ぎょっとした顔になった。しかし瀬田が顔を出して「赤縞《あかしま》屋さん」と声をかけると、

「なんだ、大河ちゃんか」

と安堵《あんど》顔になった。

「大学のお友達と一緒かい。三郎の家に行ってたんか」

「うん。暇をみてちょこちょこ整理していけたらいいかなって」

「ちょこちょこじゃあ何十年もかかるんでないか。ゴミ屋敷もいいとこだからな、あっこは。臭うようなもんは溜《た》めこまねえから、目こぼしされてたけど」

首の後ろを掻《か》く男を、

「あ、こちら赤縞屋さん――じゃなくて、三郎叔父のお隣さんの辻《つじ》さんです」

と瀬田はオカ研一同に紹介した。

辻が苦笑する。

「お隣さんと言っても、家はだいぶ離れてっけどな。そんでも三郎の家に一番近かったのはうちだから、まあ隣といや隣か」

「三郎さんとは、親しくご近所付き合いなさってたんですか」

黒沼部長が、他人におよそ警戒心を抱かせぬにこにこ顔で言う。

「いやあ、ご近所付き合い、なんてたいそうなもんでねえさ。まあ普通に挨拶《あいさつ》したり、野菜持ってってったりくらいかな。瀬田の本家さんがいい顔しないんで、おおっぴらに仲良くしてはいなかったが」

辻は声をひそめ、

「いまだから言うが、ここだけの話、一郎さんより三郎さんのほうがずっと話しやすくて面白い男だったさ」

と片目をつぶってみせた。

「とはいえ萬吉さんの墓を暴くってのはよくねえからな。うん、そこは賛成してなかった。それさえなきゃあいい男だったんだがな。顔もこう、シュッとした男前で」

「三郎さんが亡くなった当日は、お会いになられました？」

「朝にすれ違っただけさ。『人と会う』とかって、おしゃれしとったな。女にでも会うのかって訊《き》いたら、笑ってはぐらかされたっけ」

「ほう。じつはいま瑪瑙屋さんのお宅に行ってきたところなんです。伊都子さんも『三郎さんは近ぢか人と会う予定があって、喜んでいた』とおっしゃってましたよ」

「あの女に会ったんかい」

辻は顔をしかめた。

「いやいや、悪いこた言わねえ。あの女の言葉は話半分に聞いておきなさい。だいたい拝み屋だなんだと言われとるが、あれだって詐欺まがいさ。いわゆるほら、霊感商法ってやつだな」

「霊感商法。ということは被害者がおありで？」

部長の問いに辻は答えなかった。瀬田に向きなおって、さらに言いつのる。

「あの女の言うこたぁ、なんでも話半分に聞いといたほうがいい。どうせ三郎さんにも口説かれただのなんだのと吹いとっただろう。だが全部でたらめさ。あの女のほうで、勝手に言い寄っておったんだ。亭主の遺産食いつぶして、今度ぁ三郎さんの金を狙ったのさ」

鼻息荒い彼をさえぎって、

「あの、すみません」

と藍は片手のスケッチブックを掲げた。

「よろしかったらこれ、見ていただきたいんですけど――この女性をご存じないですか」

さっきのスケッチである。辻はすこし気を落ち着けたようで、

「なんだ、上手いもんだな。誰が描いたんだい」

「三郎さんのようです」

「へええ。字は下手くそなやつだったが、絵のほうは上手かったんだなあ。女の顔には、思いあたるような、ないような……。こんな顔、このへんには珍しくないからねえ。うちの村の女ぁ、おかめ顔か濃い顔か、たいていどっちかに分かれるんだ。だがこいつは濃い顔のほうだねえ」

と辻は言ってから、

「あ、これ、タキさまでないのか」と手を打った。

「タキさま――というと、萬吉の奥さんの？」

「うんだ。三郎さんはタキさまの大ファンだったからさあ。好きが高じてか、いろいろばちあたりなことまで言っとったな」

「たとえばどのような？」

「うーんと、たとえばタキさまはべつに萬吉っつぁんを好きじゃなかった。無理無体に、意に添わぬ関係を強いられたんだ、その証拠に文書《もんじょ》がある、みたいな寝言をさ。ありゃなんだろうね、『好きな女には清らかでいてほしい』みたいな心理の一種なんかねえ」

「墓所探しの過程で、三郎さんは文書を発見されたんでしょうか」

「いやあ、眉《まゆ》つば眉つば」

辻は笑った。

「万が一そんなもんがあったとしても、三郎さんにゃ読めんさ。あの人ぁ新聞どころか漫画さえよう読まんかったもの――。あ、いや」

「どうしました?」

「そういやあ、あの学者先生がいたなと思ってさ。三郎さんが何度か『小美濃先生に見てもらった』、『先生に読んでもらった』と言ってたっけ。――ああいや、ほんとに三郎さんが言ったような文書があったとは思わんよ。ただそれはそれ、これはこれの話としてさね」


辻と別れて、一行は道をくだっていった。

「小美濃先生とも、お話ししておきたいよね」

晴れた夏空を仰いで、部長が言った。

「もとは雪大の教授だったらしいし、いろんな意味で興味深い話が聞けそうだ」

「名刺によれば、小美濃先生は『社会地域文学科の民俗学・博物学専攻』でしたね」

こよみが眉間《みけん》に皺《しわ》を刻む。

「いま雪大で民俗学の教鞭《きょうべん》をとっておられるのは、畠中《はたなか》先生です」

「畠中先生といえば、非常勤講師の矢田《やだ》先生の飲み友達のはずだ。よし、あとで矢田先生に電話して、小美濃昭教授について訊いてもらおう」

小美濃を捜しがてら、彼ら一行は村内を歩きまわった。

広大な山林と、すこしの棚田と段々畑、そして百戸ほどの人家がある村だ。表札の姓は五割が『山地』、二割が『辻』である。瀬田は意外にすくなく、たった六軒であった。

「屋敷神の鳥居もないんですね」

こよみがぽつりと言う。森司は聞きとがめた。

「え？」

「ほら、代々つづく家が多い田舎だと、個人宅の庭に建ってる鳥居をよく見かけるじゃないですか。でもこの村はほんとうに、マルさまだけを祀《まつ》っているんですね。商店を営んでいるおうちさえ、稲荷神《いなり》に頼らない」

「お稲荷さんって商売繁盛とか五穀豊穣《ごこくほうじょう》とかの現世利益の神さまだから、ほかに氏神がいようと『お稲荷さんも祀る』って商家が多いもんね。どうせ日本は八百万《やおろず》の神がいる国だから、複数祀っても問題ないし」と藍。

「鳥居がない代わり、灯籠《とうろう》は多いようだよ」

部長がななめ前の庭を指さした。

「あそこの家にも、ここの家にもある。やっぱりどれも同じ型だ。瑪瑙屋さんのような広いお庭にだけあるんじゃなくて、狭い庭のおうちにもあるのが面白いね」

降りそそぐ夏の陽射しに彼は目を細めて、

「ところでみんな、藍くんの卒業旅行で立ち寄ったあの村を覚えてる？」

と言った。

「あそこは、ぼくの故郷にとても近い空気があった。でもここは違うね。また違う意味で特殊だ。土地がどうとかじゃなく——うん、やっぱり〝人〟かなあ」

棚田の稲が風になびいて、青あおと波のように揺れている。

「あ——」

そのとき、声をあげたのは瀬田だった。皆、思わず彼が指さす方向を見た。

段々畑の傾斜の向こうに、男が立っていた。

白い開襟シャツにチノパンツ。白髪で灰いろになった髪。

小美濃だった。

はじめて見たときと同じく、彼は笑っていた。不思議な表情だった。幸せそうに満ち足りてさえ見えるのに、どこか空虚で、うわのそらな笑み。

なぜか一同は、呆然《ぼうぜん》と小美濃を見あげた。

小美濃がふいと顔をそむけ、どこかへ立ち去っていく。しかし誰一人、呼びとめようとはしなかった。

毒気を抜かれたように、森司たちは陽炎《かげろう》のたゆたう田舎道にただ立ちすくんだ。

キャンピングカーに戻り、オカ研一同は昼食をとった。

ある者はレトルトカレーを食べ、ある者はカップラーメンを選んだ。「食欲がない」と、瀬田はコーヒーだけを飲んだ。

カレーを食べ終えて食後の紅茶をたしなみながら、

「──泉水ちゃん」

と部長が口をひらいた。

「悪いけどお昼からもう一度瑪瑙屋さん家《ち》に行って、彼女に会ってきてくれない？」

「べつにいいが、おれひとりでか」

泉水がそう問いかえすと、

「そのほうがいいわ」

「ですね」

藍とこよみが間髪を容《い》れず応《こた》える。

森司は咄嗟《とっさ》に意味が摑《つか》めず、きょとんとしてしまった。その耳に鈴木が顔を寄せてささやく。

「泉水さんはほら、ちょっとおれへんレベルの男前ですから」

「ああ」

納得して森司はうなずいた。

なるほど、色気たっぷりの年増から話を聞きだすには長身の美丈夫が適任ということか。しかも泉水はこの中で一番、伊都子の手玉にとられる可能性の低い男だろう。森司では向こうのペースに乗せられて、へどもどして終わりだ。

部長が愛用のマグカップを置いた。

「じゃあ瀬田くんはぼくに付き合って、もうすこし村を案内してよ。藍くんは矢田先生に電話して、小美濃先生についての聞き込みを頼んでくれるかな。こよみくんはぼくが描いたこの地図とメモ、悪いけど三郎さんのと照らし合わせといて」

「……おれたちはなにをしましょう」

森司が挙手すると、部長は微笑んだ。

「八神くんと鈴木くんには、ここで泉水ちゃんの帰りを待っていてほしい。早ければ夕刻ごろには忙しくなると思うよ。できればぼくが帰るまでに、泉水ちゃんのお土産話を三人で整理しておいてくれる？」

10

しかし実際にオカ研一同が動きだしたのは「夕刻ごろ」どころか真夜中であった。

泉水は午後四時過ぎにキャンピングカーへ戻ってきた。

黒沼部長と瀬田が帰ったのは、午後六時過ぎだ。

藍は午後四時半ごろに矢田と電話のやりとりを終えた。地図と首っぴきでメモの整理に取りかかっていたこよみは、部長が戻るとほぼ同時にペンを置いた。

その間、森司は夕飯の支度をしていた。

カセットコンロの直火にトマト缶をかけて煮詰め、固形ブイヨンとツナ缶の中身を投入してさらに煮立て、最後にチューブの生姜《しようが》と七味と塩胡椒《しおこしよう》で味をととのえた、豆抜きチリコンカンもどきだ。

一同はそれをクラッカーに乗せたりパンに挟んだりして食べ、各々の情報を交換しながらビールを飲んだ。

座がおひらきとなったのは、九時前だ。

昨夜と同じく瀬田と女性部員ふたりは、一郎の家へ就寝に向かった。部長と泉水、鈴木、森司はキャンピングカーの中で横になった。

時おり青鷺《あおさぎ》がかん高い声で鳴くほかは、静かな夜だった。

怖いほどの月あかりだが、遮光カーテンを閉めてしまえば眠りの妨げになるほどではない。

森司はアルコールの助けを借りて早々に寝入った。夢も見ず眠り、そうして夜中に、小声で揺り起こされた。

「……がみくん、八神くん」

黒沼部長の声だ。

森司は唸《うな》りながら、ゆっくりとまぶたをあげた。

まず目に入ったのは懐中電灯の光だ。その向こうにぼんやりと部長、泉水、鈴木、そして瀬田の顔が見えた。

「現在の時刻は午前一時五分。予定よりちょっと遅くなったけど、いまのところアクシデントもなく順調だ。というわけで、八神くん――」

部長は声をひそめ、

「藍くんとこよみくんを起こしてきて」と言った。

一瞬、森司はその言葉を理解できなかった。寝起きの頭にじわじわと意味が沁みこんでくる。把握できたと同時に、彼は叫んだ。

「なんでおれが」

「しーっ」

部長が唇に指をあてる。森司は慌てて声を低め、あらためて抗議した。

「いや駄目でしょう。若い女性の寝室に男が起こしに行くだなんて、犯罪の域じゃないですか。というか瀬田くんがここへ来る途中、ついでに起こしてくればよかったんじゃ」

「そんな、無理です」

瀬田が首を振った。

「おれは別大学の別サークルですし、親しくもない相手にそんな真似はできません」

「いや待てよ、おれだって――」

反駁《はんばく》しかける森司をいま一度「しっ」と部長は制して、

「八神くんなら大丈夫だよ」

と言った。

「ぼくとか泉水ちゃんが行ったら藍くんに半殺しにされるけど、八神くんなら平気」

「いやいやいや、おれだって殺されますって」

森司は首と両手を激しく横に振った。

「半殺しどころか、おそらく五分の四ほど殺されます。あ、そうだ鈴木が行けよ。おまえなら彼女持ちだし、生身の女性にさほど興味は」

「いえ。おれは新参者で、八神さんほど信用がないので」

きっぱりと鈴木はことわった。

いつの間にかカーテンを開けられた窓越しに、満天の星空が見えた。


約五分後、森司は勝手口から瀬田一郎宅に懐中電灯を持って忍びこんでいた。

瀬田大河から教えられた間取りに従い、こよみと藍が眠る客間へと向かう。歩くたびかすかに軋《きし》む廊下に、いちいち冷や汗が出る。

——ええと確か、奥から二番目の硝子《ガラス》障子戸。

あそこが客間のはずだ。

あいかわらず月は皓々《こうこう》と明るく、雨戸を閉めていないサッシ戸越しに青白い光を投げ落としてくる。だが障子戸はさいわい磨《す》り硝子で、室内は見えなかった。

戸は開けずに、廊下からそっと声をかけようと森司は思った。そう、まずは廊下に膝《ひざ》を突いて、このわずかな隙間から、声を――。

と顔を寄せた瞬間、障子戸が開いた。

森司は板張りの廊下に片膝を突いたまま、固まった。

そこに立っていたのはこよみであった。

彼女は夏用のパジャマとも部屋着ともつかぬ、パイル地のマキシ丈ワンピース姿だった。無地の薄いブルーで、衿《えり》もとにギャザーの寄ったデザインが可愛らしい。

「な……灘」

森司はそう言ったきり、絶句した。

いや違う、と言いたかった。違うんだ、おれは痴漢ではなく覗《のぞ》き魔でもない。そもそもこの障子戸を開けるつもりはなかった。ここに来たのだって、部長に言われて無理やり――。

しかし、声が出なかった。

言葉は舌の上で干からび、凝ってしまっていた。

「せんぱ――」

こよみの唇がひらく。悲鳴を覚悟して、森司の目がわずかに潤んだ。

「……先輩、わたし……」

こよみは言った。

「わたし——披露宴はしなくていいと思うんです」

静寂が落ちた。

「……え？」

森司は目をしばたたいた。こよみが彼のほうを向いたままつぶやく。

「式もごく内輪だけで、両親と近しい親戚《しんせき》と、お世話になった方だけをご招待して……。お金がかかる披露宴より、新居の家具や家電に貯金を使うのが有意義だと思うんです。旅行だっていつでもできますし……それより、新生活の基盤を先に」

「な、なな灘、しっかりしろ」

森司は彼女の両肩を摑《つか》んだ。

いったいどうしたのか、頭でも打ったのだろうか。いやこれは寝ぼけているのだ。こよみにしては珍しく盛大に寝ぼけている。半分以上、夢遊状態だ。

「目を覚ま——いや、いま目を覚まされたらまずいか。えーとえーと、無意識下でいいから聞いてくれ灘、おれはけっして変質者ではなく、ただ部長の命令でここへ来ただけだ。そして人生設計が堅実なのは、灘らしくて素敵だと思う。でもおれはせっかくの機会だし、きみのドレスが見た——」

そこまで言ったところで、脳天に衝撃を感じた。

森司は声もなくうずくまり、さっきとは違う意味の涙目で頭上を見やった。

藍だ。こちらはショートパンツスタイルのルームウェアで、右手を手刀のかたちにして森司を見おろしている。どうやらさっきの衝撃は、容赦のないチョップだったらしい。

「うるさい」

藍は重々しく言ってから、

「あれ八神くんじゃない、なにしてんの」

と表情を緩めた。

「なにしてんのって……もうすこし動じてくださいよ」

目を潤ませたまま、森司は彼女を見あげた。

「若い男が女性の寝所に忍び寄ってきたんですから、その点にもっと怒ったり警戒したりしてください。お二人のためにも、おれの男としてのプライドのためにも」

「いや、いまはそんな場合じゃないでしょ」

藍はあしらうように手を振って、

「きみが来たってことは部長からGOサインが出たのね？　支度してくるから一分だけ待ってて。ほら、こよみちゃんはこっち来なさい。長袖《ながそで》に着替えて、すぐ出かけるわよ」

11

闇の濃さを凌《しの》ぐほど、月の明るい夜だった。

村は完全に寝静まっていた。ざっと見た限り、どの家にも灯りはともっていない。日中の暑さが嘘のように、冷えた夜気があたりを覆っている。

まず森司たちは〝碧屋〟こと、瀬田一郎宅の庭園に向かった。

「庭のあれは、織部灯籠《おりべとうろう》の一種だね」

懐中電灯をこよみに渡して、部長がささやいた。

「――この村は、隠れ切支丹《キリシタン》の里なんだよ」

彼は瀬田を振りかえって、

「瑪瑙屋の後家さんが歌とお経の中間みたいな鼻歌を歌ってたのを覚えてる？　瀬田くんもすこしなら歌えるって言ってたよね」

「あ、はい」

うながされ、瀬田がごく小声で歌った。部長がうなずく。

「うん、間違いない。かなり間延びしているけど、これはグレゴリオ聖歌のメロディだ。祈禱《きとう》文ならぬ祈禱歌――いわゆる〝歌オラショ〟だよ。歌オラショに、御神体をマル、もしくはマルヤ、マリヤと呼ぶ習慣。家紋は花久留子《くるす》の変形。そして織部灯籠。条件はしっかり揃ってる。ここは迫害されて里を追われた、隠れ切支丹の末裔《まつえい》が住む村なんだ」

――隠れ切支丹。

森司の脳裏に、受験のとき詰めこんだ知識がぼんやりよみがえった。

確か十七世紀はじめに徳川《とくがわ》幕府によってキリスト教信仰が禁止され、一六三七年からの島原《しまばら》の乱を機にさらに締めつけが厳しくなったため、各地で隠れ切支丹なる宗徒たちが発生した――とかいうような流れだった気がする。

「ということは、ええと、彼らの祖先は四世紀ほど前にこの村へ逃げてきて住みついたってことですか」

部長は「そう」と肯定して、

「ちなみに辻さんというのは、かつて過酷な宗教弾圧が行われた五島《ごとう》列島に多い苗字だね。隠れ切支丹たちは苗字に十字架を入れることで、ひそかにキリストを崇拝しつづけたという。おそらく山地さんや瀬田さんが村にもとからいた一族で、辻さんの祖先はよそから来たんだろうさ」

「ちょっと待ってください。ええと」

瀬田がこめかみを押さえた。

「整理させてください。部長さんの仮定が正しくて、ここが隠れ切支丹の里だとしても……現在、キリスト教はべつに禁止されていませんよね」

彼は混乱している様子だった。

「だったら村に教会でも建てて、正式なカトリック教徒になっているのが普通なんじゃないでしょうか。この二十一世紀に隠れ切支丹なんて言われてもぴんと来ませんし、だいたいそれが叔父《おじ》の死とどう関係――」

「まあ待って」

部長が瀬田をさえぎって、

「いちおう説明するね。誤解してる人も多いんだけど、じつは隠れ切支丹って、キリスト教とはさほど関係のない独自の宗教になっちゃってるんだ」

と言った。

「だからよく知らない人は『もう迫害されてないんだから、堂々と洗礼を受けてほんとうのカトリックになっちゃえば?』なんて言いがちなんだけど、違うんだ。

彼らの祖先は確かに宣教師のもと、カトリックに改宗した人たちだった。けれど迫害の末に二百年もの間、司祭なしで聖書の教えを口伝えしていった結果、それはとうていキリスト教とは呼べないものになってしまった。長い年月の間に、その土地土地の民俗信仰やら神道とごちゃごちゃに混ざりあった、まったくオリジナルの宗教ができあがっていったんだよ」

部長は石灯籠にかがみこんだ。

「ただしこの村は、混ざったというより独自の発展を遂げた感じだね。もといたはずの氏神の影響はほとんど感じられず、代わりに広まっているのは瀬田萬吉の聖人伝説だ。彼は博愛主義者で、多くの崇拝者を従えた無私の人。そして取り巻きの一人に裏切られて死んでいる」

「――つまり、萬吉はイエスになぞらえられていた、と?」

瀬田が目を見ひらいた。

部長が灯籠の竿《さお》を撫《な》でながら応《こた》える。

「だと思うけどねえ。おそらくは彼の死の前後に、誰かが無理くり祀《まつ》りあげたんじゃないかな。シンボリックな存在がいたほうが、宗教的なもろもろを維持しやすいしね」

「だとしたら、萬吉のお宝に金銭的価値は望めなくなってきたわね」

藍が肩をすくめた。

「この村にお稲荷さんがいない理由がやっとわかったわ。キリスト教は一神教だし、カトリックは現世利益の追求とはほど遠い教義だもの」

「宝探しする気、なくなった？」

「まさか」

部長の問いに、藍は首を振った。

「逆よ。もっと知りたくなった」

「ならよかった。……あ、ここがはずれるんだな」

灯籠のてっぺんを、反時計まわりにひねると宝珠がはずれた。同時に笠《かさ》の一部がずるりと前へせり出す。こよみが急いで、灯籠の笠を懐中電灯で照らしだした。

笠のずれた部分に、直径五ミリほどの石が嵌《は》まっているのが見えた。

「グリーンジャスパーだね。つまり緑碧玉《へきぎょく》だ」

「ああ……だから〝碧屋〟なんですか」

森司のつぶやきに、部長が応じる。

「うん。瑪瑙屋さんとこの灯籠には、きっと瑪瑙が嵌まっているよ。そして村内には、とくに仕掛けのない灯籠も点在していると思う。日中に灯籠を数えたら約三十基ほどあったけど、なんらかの石が見つかるのはそのうち七基だけのはず」

「なんで七？」

藍が問う。部長は懐を探って、

「三郎さんが遺《のこ》した、この暗号文だよ」と紙片を掲げた。

『EM5：1　20：1　21：19－20』

と記された、例の書き付けのコピーである。

「三郎さんはいまで言うところの、発達障害児童だったんだと思う。落ち着きがない、注意力散漫、整理整頓《せいとん》ができないなどの症状が当てはまるね。知能のわりに学校の成績が悪かったのは、おそらく彼が難読症《ディスクレシア》だったからだ。そしてこの症状を持つ者は、鏡文字を書くケースが多い」

部長は紙片を藍に渡して広げさせた。

「それはアルファベットのEじゃない。片仮名のヨなんだよ。そしてMは黙示録の略だ。ちなみにヨハネ黙示録の5章－1、20章－1、21章の19から20を暗誦《あんしょう》してみると、こんな感じね」

──われまた御座にいますかたの右の手に、巻物のあるを見たり。その内側にも外側にも文字あり。七つの封印をもって封ぜられる。

──われまた、ひとりの御使の底なきところの鍵《かぎ》と、大いなる鎖とを手に持ちて、天より降るを見たり。

──都の城壁の土台石は、あらゆる宝石で飾られていた。第一の土台石は碧玉、第二は蒼玉《そうぎょく》、第三は瑪瑙《めのう》、第四は翠玉《すいぎょく》、第五は赤縞瑪瑙《あかしまめのう》、第六は赤瑪瑙、第七は橄欖石《かんらんせき》、第八は緑柱石《りょくちゅうせき》、第九は黄玉《おうぎょく》、第十は翡翠《ひすい》、第十一は青玉《せいぎょく》、第十二には紫水晶であった。

「この中でキーワードっぽいのは巻物、七つの封印、鍵、そして宝石の色だ」

部長が泉水へ目で合図する。

一歩しりぞいた彼の代わりに、泉水が緑碧玉の嵌まった笠の一部を摑《つか》んで引いた。

あらわれた空洞の底に、金属片が光っていた。

「鍵のパーツ、だと思うんだけどね」

金属片をつまみあげて、部長が言った。

「すでにみんなも知ってのとおり、この村の屋号の大半には色がついている。『第一の土台石は碧玉、第二は蒼玉、第三は瑪瑙、第四は翠玉──』の教えにならうなら、まず一郎さん宅の碧屋からはじまって、蒼屋《そうや》、瑪瑙屋、翠屋《すいや》、赤縞屋、赤屋《せきや》、鶯屋《うぐいすや》の順に灯籠《とうろう》を探していけってことだろう。本来の土台石は十二だが、〝七つの封印〟と言うからには七つなんだろうさ。現に三郎さんのスケッチに描かれていた灯籠も、七つきりだった」

部長は金属片をジーンズのポケットにしまうと、

「さて次は蒼屋さんだ。ごめんね、ぼくの薀蓄《うんちく》が長くてちょっと時間を食っちゃった。でも〝向こう〟を焦らすにはちょうどいいはずだ。行こう」

12

防犯意識の低い村で助かった——と森司は思った。

どの屋敷にも門扉はなく、警備会社と契約している家もなかった。真夜中とはいえ、庭に侵入し放題である。

「お宝のヒントが隠されてる庭だってのに、こんなに無防備でいいんでしょうか」

森司が言うと、

「だってみなさん、そもそも自分の家の庭になにか隠されてるなんて知らないみたいじゃない。それにぼく自身が田舎者だからわかるんだけどさ、この規模の〝なにもかも横並び〟が重要視される共同体で、七軒だけが門扉を作ってセコムやALSOKに加入するほうが目立っちゃうよ」

と部長は答えた。

一行は順調に蒼屋、瑪瑙屋、翠屋とまわり、灯籠から鍵のパーツを回収した。

「この金属片は、かなり新しくないですか？」

こよみがつぶやく。部長は顔を上げずに答えた。

「三郎さんのメモ書きをできるだけ解読してみたよ。彼は灯籠をまわって各々のパーツを回収した。だがさすがに七つ全部が健在とはいかず、集まったのは三つだけだった。結局彼は時間をかけて探索し、墓所の扉を見つけて鍵穴《かぎあな》から直接型をとったんだ。そして残り四つのパーツも成型して、各灯籠へ隠しなおした」

「なんでまたそんな、まわりくどい真似を」と森司。

「たぶんだけど、彼の大事な〝本番〟のためにじゃないかな。なんとも涙ぐましいよね」

「本番？」

「いまぼくらがやってるドラマティックな体験を、ともに味わいたかった相手がいたってことさ」

ああなるほど、と森司は納得しかけた。

つまり例の初恋の女性と……いや違う、瑪瑙屋の後家さんその他の証言によれば、とうに彼女は亡くなったはずだ。ということは〝会うはずだった彼女の知人、もしくは親類〟とやらに見せてやる予定だったのか。

泉水が口をひらいて、

「ちなみにこれから向かう赤縞屋ん家《ち》のおっさんは、予想どおり瑪瑙屋の後家さんに言い寄って、袖《そで》にされたことがあるんだそうだ。後家さんはそのときこう言ってやったらしい。『あたしを口説くなら、金ののべ棒一本でも持ってらっしゃい』。女が男の話を聞くのはそれからよ』とな。それが遺産目当てどうこうの憎まれ口に繋《つな》がったようだが、後家さんが言うには『あれは三郎さんじゃなくて、学者先生のことを言ったつもり』だったんだとさ」

「へえ」

藍が相槌《あいづち》を打つ。

「じゃあ学者先生こと小美濃先生は、資産家なのね」

「いや。後家さんが言うには、『三郎さんに先んじて、学者先生のほうがお宝を見つけたと聞いたから』だそうだ。誰から聞いた情報だと聞いたら、小美濃昭本人からだとの答えだった」

伊都子は泉水にこう言ったのだという。

――そのときは三郎さんにお宝発見は無理だと思ってたし、学者先生が自信たっぷりだったから、半分くらい信じちゃったのよ。

――てっきり、村にもっと広まってると思ったの。だから赤縞屋さんへの牽制《けんせい》に使ったんだけど、知らないみたいでこっちがびっくりしちゃった。

――誰かに言ったかって？　いいえ、べつに誰にも。でも先生のことだから、あたしだけにしゃべったとは思えないけどなあ。あの人、偉い先生のくせして口がかるいし、お調子者だもん。

彼らは赤縞屋、赤屋、鶯屋とパーツを回収してまわった。順に組み立てていくと、なるほど鍵の先端らしき形状ができあがる。

最後の鶯屋の灯籠からは、金属片だけでなく直径一センチほどの水晶が見つかった。

「これは大きさからして、あの神社の灯籠に嵌まるんだろうね」

そういえば神社の宝珠には、石をくり貫いたような穴があいていたな、と森司は思いかえした。

「さて、ここまでは暗号といい、たいして難しくもないよね。いままで見つからなかったのが不思議なほど簡単とすら言える。おそらくは灯籠が村内で神聖視されていて、むやみにいじくりまわされなかったこと。お宝探しが禁忌とされていたこと。自分たちの氏神がキリスト教に由来すると村人が忘れてしまったこと、等々が理由として挙げられるんじゃないかと思う」

「隠れ切支丹《キリシタン》だったという自覚は、彼らにはもうないんですか」

神社へ向かう道をたどりながら、瀬田が問う。

部長は首肯して、

「さっきも言ったように、すでに独自の宗教として定着しちゃってるからね。この村の歌オラショだのマルさま呼びだって、形骸《けいがい》として残ったに過ぎないだろう。隠れ切支丹イコール、カトリック教徒ではないってのはそういうことさ。そのへんの差異を宗教学者の宮崎賢太郎は、変質した民俗宗教の信徒のほうを『カクレキリシタン』とカタカナ表記にすることで区別しようと提唱している」

と言った。

「現に瀬田くんだって、この村とキリスト教を結びつけて考えたことはなかったでしょ？　聖書を持ってる村人だっていないはずだ。黙示録の暗誦なんてできるはずもない。とはいえちょっと考えればわかることだけどね。その証拠に、きみの叔父《おじ》さんは正解にたどりついた。たぶん小美濃先生との会話がいろいろヒントになったんだろう」

神社に着く頃には、むら雲が夜空のなかばを覆いつつあった。

あれほど明るかった月も、ともすれば隠れがちである。

体力のない部長は泉水に抱えられるようにして歩き、ようやく神社にたどり着いた。

「あー駄目だ、やっぱ疲れた……。八神くん、ぼくの代わりにやってきてよ」

「え、おれがですか」

こともなげに水晶を手渡され、森司は戸惑った。

言われるがままに、灯籠の宝珠に嵌《は》めこむ。今度は笠《かさ》でなく、竿《さお》の下部が動いた。引き出してみると、出てきたのは朽ちかけた巻物だった。

「ようやくお宝の地図か。そいつと三郎さんが遺《のこ》した地図を組みあわせれば、きっと墓所の入り口までたどり着けると思うんだよね」

部長が荒い息を吐きながら笑う。

「なによりぼくらには、萬吉の子孫である瀬田くんがいるしさ。『長老の一人われに言ふ。泣くな、視よ、ユダの族《やから》の獅子《しし》ダビデの萌蘖《ひこばえ》、すでに勝を得て巻物とその七つの封印を開き得るなり』――だ。もう着いたも同然だよ」

13

巻物と地図は、一行を山の中腹にある森へといざなった。

森へ数歩踏み入ったところで、泉水がロープを手近な木へくくりつけた。播磨から借りてきた、蛍光塗料付きのロープである。

森の中は湿って暗く、さすがに懐中電灯がなければ進めなかった。温度も五度近く下がったように感じられる。部長の勧めで厚着してきてよかった、といまさらながら森司は思った。

「ねえ、十七世紀に宗教弾圧に遭い、遠い地から逃がれてきただろう切支丹たちが、この村に受け入れられた理由はなんだと思う？」

足もとを照らしながら部長が問うた。

「一向宗《いっこうしゅう》が広まったのと同じ理由じゃないでしょうか」

と答えたのはこよみだ。

「死後の救済を説き、信者間の差別を排し、相互扶助の精神を説いた一向宗は、貧しさにあえいでいた村人たちから絶大な支持を受けたといいます。キリスト教も、教義としては似たところがありますし」

「いやごめん、説明が悪かった」

部長は謝って、

「ぼくが言いたかったのはもっと最初の段階ね。教義の内容を知る以前に、なぜ彼らを村に迎え入れ、住まわせるのを許したかってこと」

と言った。

「ちなみに西洋にも隠れ切支丹と同じく、カトリックの異端として追われた『カタリ派』という教徒がいる。ローマ教皇とフランス王に弾圧され、一部の生き残りがピレネー山脈の奥へ逃げこんで村を作ったという説があるんだ。

当地の領主は彼らを住まわせてやる代わりに、彼らの持つ木や石や金属加工の技術を提供させたそうだ。ギブアンドテイクってやつだね。じゃあこの村へ逃げてきた切支丹たちは、いったい何を提供して村人に受け入れてもらったのか」

「女だろう」

泉水が短く言った。部長がうなずく。

「そう。この村は貧しく、〝男村〟と呼ばれるほどに女がすくなかった。労働力重視で男の赤ん坊ばかり生かしたはいいが、極端な男余りとなると、今度は子づくりの問題が出てくる。田畑を耕す男はいても、それを継がせるべき子孫がつくれないんだ」

泉水が二本目の木にロープを結んだ。

つづいて藍がその木にガムテープを貼りつけ、油性マジックで『2』の字を大きく記す。

森司は右手首に嵌めたスポーツウォッチのライトをつけ、時刻を確認した。現在午前二時七分。気温は二十二度で、やはり外界よりかなり低い。

靴底が、水を含んだ厚ぼったい苔《こけ》を踏みしめているのがわかる。歩くたび、ぐじゅっと苔が水分を吐く音がする。

「切支丹たちは自分たちの娘を嫁がせるのを条件に、村に容《い》れてもらったってこと？　なんだか話がなまぐさくなってきたわね」

藍が言う。

「嫁がせる、だったらまだいいんだがな」と泉水。

「どういう意味？」

部長があとを引きとって、

「聖人のはずの萬吉伝説ですら、妻タキを内縁であたりまえの存在として語っているのが気になってね。間引きの件といい、この村ではお世辞にも女性の地位が高くなかったんだろうな、と」

泉水が五本目、六本目の木にロープを結んでいく。

森司はいま一度スポーツウォッチを覗《のぞ》いた。方位測定モードに切り替えたが、表示されない。もう一度ボタンを押すと『ＣＡＬ』の文字が浮きあがった。初期設定か、リセットしたときに表示されるはずの三文字である。

「あ、――……」

声を発したのは誰だっただろう。

行き止まりだった。眼前を薄黒い岩肌がふさいでいる。

岩の表面には、ゆがんだ円形が武骨に刻みつけてあった。部長が舐《な》めるように懐中電灯の光を動かし、

「うん、下のほうに入り口らしきものがある。かがまなきゃ入れないけど、洞の中へ行くにつれて高く広くなってるみたいだ。――さて、ここからが最大の難関」

と一同を振りかえった。

「ここから先は、ぼくだけで行くね」

一拍の間があいた。

「だって、部員のみんなになにかあったらまずいもん」

黒沼部長は早口で言った。

「ぼくはこの宝探しの道程に、なんとも言えない悪意を感じるんだよね。この程度の謎、解こうと思えば解けないレベルじゃない。とくに現役時代の小美濃先生なら、すぐに解けたと思うよ。しかし彼は灯籠《とうろう》にもこの森にも手出ししなかった。きっと彼もお宝云々《うんぬん》

を餌にして、ここへ誘いこもうとした者の悪意を感じたんじゃないかな。

だからみんなは洞窟《どうくつ》へ入らず、ここで待ってて。スマホと、前回も使ったこの超小型カメラで実況中継――する予定だったけど、うーん、駄目っぽいな。森の中じゃ電波が届かないみた……」

「黙れ」

泉水がぴしゃっと部長の額を叩《たた》いた。

「痛っ」

「ここはおれ〝が〟行く。……と言いたいとこだが、うちのお殿さまはどうせ承知しねえんだろ？　だったら二人で行くさ。おまえらは入り口前で待機して、三十分経っても戻らなかったら――」

「待ってください。おれも行きますよ」

瀬田が慌てて割って入った。

「もとはといえばおれの依頼です。ここまで来て、なにも見ずに帰れません」

「あの、おれも」

森司はおずおずと手を挙げた。

「おれ、脚が速いのだけが取り柄ですから。もし中でなにかあったら走って報《しら》せに行けます。飛脚代わりとでも思ってください」

と言い、藍を振りかえる。

「藍さん、こよみちゃんをお願いします。あと鈴木も」

黒沼部長は数分ごねた。

しかし「時間の無駄だ」という泉水の台詞《せりふ》で黙った。

事前の打ち合わせで、全員が長袖《ながそで》にジーンズ姿である。まずは虫よけスプレーをたっぷり浴び、同じく虫よけのジェルを肌に擦りこんだ。ジーンズの裾《すそ》を靴下に押しこみ、軍手で同じく袖《そで》を守り、虫よけネットをかぶった。

身をかがめて、部長、泉水、瀬田、森司の順に洞窟へ潜りこむ。

部長は片手に懐中電灯を持ち、片手で殺虫剤を撒《ま》きながら先頭を歩いていった。

「三郎さんによれば、『墓所に足を踏み入れた者は、必ずその日のうちに倦怠《けんたい》感、発熱から死に至った』そうだ。でも空気感染しなかったってことは、たぶんなにかに刺されたか嚙《か》まれたかだよね。蛇や蠍《さそり》ならその時点で本人が気づくだろうから、蚊、蜘蛛《くも》、蟻あたりじゃないかと思うんだ」

予想どおり中はすこしずつ広くなっていた。

とはいえ森司の身長で、ぎりぎり直立できる高さである。長身の泉水は、かなり歩きにくそうだった。

「このあたりに羽斑蚊《はまだらか》は棲息《せいそく》していないようだから、マラリアではないと思うんだけど……どっちにしろ、刺されないに越したことはない。ちなみにツタンカーメン伝説の皮切りとなったカーナヴォン卿《きょう》の死も、蚊が媒介した熱病から死に至ったというのがいまや定説だ」

洞窟の中は、涼しいを通り越して寒かった。

懐中電灯に照らしだされた蝙蝠《こうもり》が、光に反応して逃げまどう。ときおり足もとを素早く駆け去っていく影は鼠だろうか。だが耳もとを飛ぶ蚊の羽音は聞こえなかった。

部長が虫よけネット越しに眼鏡をずりあげ、

「ここからは三郎さんの遺《のこ》した地図が役に立つな。えーと、左、左、右、と……」

いくつにも枝分かれした道を、殺虫剤を撒きながら進んでいく。

「あれじゃないですか」

叫んだのは瀬田だった。語尾にエコーがかかって、洞窟内に響きわたる。

岩肌に綺麗《きれい》な円が、白く刻んであった。入り口で見た武骨な刻みかたとは違い、完全な真円だ。あきらかに人の手によるものだった。

「これが扉？　どこに鍵《かぎ》を挿すんでしょう」

瀬田が岩肌に顔を近づける。

泉水が円を指でなぞって、「ここだ、窪《くぼ》みがある」と告げた。

鍵を挿しこむ。

かちりとかすかな音がして、泉水が肩で押すと岩戸がひらいた。

14

あらわれた岩室の中で、彼らは立ちつくしていた。

眼前には、粗末な石棺だけがあった。蓋《ふた》は最初からなかったのか、それとも失われたのか、棺内に横たわる死骸《しがい》があらわになっている。

死体は無残な有様だった。鼠に食い荒らされたのか、骨に肉の残滓《ざんし》がこびりついており、そのままの姿で屍蠟《しろう》化していた。

顔面はとくにひどかった。かぶせられていたらしい胡粉《ごふん》塗りの能面が落ち、唇や頬、目のまわりなどの柔らかい部分をあらかた食われていた。剝《む》きだした乱杭歯《らんぐいば》が黄ばんで長い。頭蓋《ずがい》が潰《つぶ》れたように低く、眼窩《がんか》上の骨が突き出た異相であった。

瀬田がごくりとつばを飲む音がした。

「これ、は――……」

「瀬田萬吉の遺体だよ」

黒沼部長が応《こた》えた。

「萬吉の崇拝者はイエスと同様、何百年後、何千年後かに救世主が再臨するだろうと信じた。それこそが『宝』だったんだ」

彼は棺にかがみこみ、屍蠟化した遺体に顔を近づけた。

「骨に何箇所か、刃物による傷がある。これは自然死じゃないね。複数人で、おそらくは村人全員で彼を死にいたらしめた。なぜなら復活するためには、まず死ななければならないからだ。しかも人びとの罪を背負うため、〝受難〟と呼ばれるに値するほどの死にかたで」

部長はあらためて岩室に殺虫剤を撒き、手をおろした。

「――だからね、お宝なんてないんですよ。幸江さん」

彼は振りかえった。

岩戸の陰から、ゆらりと女のシルエットが動いた。

瀬田一郎の妻、幸江であった。

先んじて洞窟の中にひそみ、彼らの道案内と、もたらされる鍵を待ちかまえていたのだろう。彼女の袖も裾も、泥で汚れていた。

「瀬田くんに頼んでおいたんです。一郎さんの家へ戻ったら、あなたはきっと障子戸の向こうで立ち聞きするだろうから、気配を確認した上でうちの部員に向かって話してくれ、とね。内容はこうです。『三郎叔父《おじ》を殺した犯人がわかった。今夜お宝とともに、殺人の物的証拠を取りに行く』――と」

幸江は紙のように真っ白な顔をしていた。

「また、ぼくの従弟《いとこ》には瑪瑙屋さんこと伊都子さんに会って、こう訊《き》いてもらいました。村内で伊都子さんに『視てくれ』と一度も頼んだことがない女性、そして避けている女性の名を教えてくれと。彼女は三人を挙げたそうです。そのうち一人があなただった。とはいえ瑪瑙屋さんはただ、瀬田家の御本家の妻として立場をわきまえているのだ、と思っていたようですが」

「……たから、は」

幸江はあえいだ。

「おかねは、ないの」

彼女を無視して、部長は言葉を継いだ。

「あなたは他村から、二十一歳のとき嫁いできているんですね。歳は三郎さんよりひとつ下の、五十二歳」

森司は内心で驚いた。眼前の幸江はもっと老けて見えた。どう見ても夫の一郎と同世代――六十代なかばの容貌《ようぼう》である。

「小美濃先生を、信じたんですよね」

気の毒そうに部長は言った。

「ぼくも真っ先にネットで調べてみましたよ。彼の経歴は立派だ。国立大学の教授を長年務めあげ、著書だってすくなくない。協会賞の受賞歴だってある。あなたの目にはさぞ、自由で悠々自適な老後に映ったでしょう」

彼は片眉《まゆ》をあげて、

「あなたは彼の言うがままに、そう……投資でもしたのかな？　元手はむろん、一郎さんの貯金だ。だが倍に増えるはずの資金は、注ぎこめば注ぎこむほどに減るばかりだった。素人の投資なんて、しょせんはそんなものです」

「調べた、のよ」

幸江は呻《うめ》いた。

「小美濃先生の経歴を、ちゃんと調べたの。本物の大学教授だった。留学だとか学位取得だとか、まともなことしか書いてなかったわ。前科だってない。詐欺師じゃあなかった」

「ええ。先生は詐欺師じゃない」

部長がうなずく。

「でもあなたに、彼の病歴までは調べようがなかった。――小美濃先生はね、コルサコフ症候群の患者なんです」

幸江は反応しなかった。

言われた意味がわからないらしく、無表情に立ちつくしている。

いま一度部長は、彼女をいたましそうに見つめた。

「脳機能障害の一種です。外傷もしくはアルコール等によってもたらされる脳委縮が原因で、最近の記憶を保っていられず、自分がいまどこでなにをしているのかすら曖昧《あいまい》になる。医学書によればコルサコフ症候群の一番の特徴は、この健忘や見当識障害への違和感を作話で埋めようとすることです。つまり悪気なく、次から次へ作り話をしてしまうんですよ」

あの多幸的な笑顔も、病気の症状です——と彼は告げた。

「コルサコフ症候群というのは困った脳障害でね、知的能力に目立った低下は起こらない。会話能力も衰えない。かつ記憶が消えていくことに対して、本人がまるで気に病まないんです。だから、傍目《はため》には病気だと非常にわかりにくい。

彼らは被暗示性が強く、妄想を真実だと信じこみます。過去の記憶と妄想とで混沌《こんとん》とした己の現状を、彼らは作話で解決してしまう。そして辻褄《つじつま》合わせのための作話ですから、質問者が無意識に誘導した方へと、たやすく流れていきます。病気ゆえ、かけらほどの悪意もなしにね」

「つくりばなし——……」

幸江は呆然《ぼうぜん》と繰りかえした。

「ぜんぶ、嘘だった、ってこと」

「先生に嘘をついている自覚はありませんでしたがね」

部長はかぶりを振った。

「彼はただ、あなたがたが望む方向へ相槌《あいづち》を打ち、望む方向へ作話していくだけです。あなたに対しても、伊都子さんに対してもそうだった。伊都子さんは『先生がお宝を見つけた』と勘違いし、あなたは『三郎さんが墓所と財宝を見つけたけれど、独り占めする気だ』と解釈した。

ここまでは、無理もないと言えます。小美濃先生は知能にも会話にもほぼ問題がない。昔得た知識や記憶についてなら、流暢《りゅうちょう》にしゃべる。さぞかし頼りになる、立派な先生に見えたでしょう。……でも彼に、お金の相談をするべきじゃなかった」

部長はため息をついた。

「雪大《うち》の畠中先生がこう言っていたそうです。『小美濃先生の最大の不幸は、奥さまに先立たれたことだ。子どもができなかった先生には、いまやストッパーたる存在がいない。いまや先生の正確な足取りは誰にもわからない。死の瞬間まで彼は放浪をつづけるだろう』と」

「――で、でも」

幸江はかぶりを振った。

「三郎さんは、隠したのよ。宝を見つけたのかと訊いたわたしを、彼はごまかそうとした。『いまは駄目だ』、『教えられない』の一点張りで――宝なんてなかったなら、どうして隠す必要があったのよ？」

「三郎さんが想定する〝本番〟のシチュエーションにそぐわなかったからでしょう」

部長は苦い顔で言った。

「こだわりが強く、融通がきかない。一度決めたことを柔軟に変えられない。小美濃先生とはまた違った方向で、彼にも特定の性質があった。けっして彼の罪じゃあないが、追いつめられていたあなたには、それがわからなかった」

部長は幸江を正面から見据えて、

「三郎さんは、あなたと一から宝探しの手順を踏みたかったんですよ」

と言った。

「今日ぼくらがたどった道程と同じく、灯籠《とうろう》をめぐり、神社をまわって、洞窟《どうくつ》にたどり着き、そしてここを訪れたかった。彼の〝忘れられない初恋の女性〟とは、あなたですね？　幸江さん」

目に見えて、幸江の頬がゆがんだ。

その反応は、なによりも雄弁な肯定だった。

――永遠に手の届かないところにいっちまった人。

そう三郎は友人に語っていたという。そうか、死んだという意味ではなかったんだな、と森司は悟った。

あれは彼女が二度と自分のものにはならない、触れられない立場の人になってしまった、という意味だったのか。

「あんな――……」

彼女は首を曲げ、顔をそむけた。

「あんな、男」

食いしばった歯の間から、唸《うな》るような声が洩《も》れた。

「いつまでたっても子どもみたいで……夢、夢、夢ばっかり。わたしのことだって、一度もちゃんと見てくれなかった。彼の理想像を押し付けていただけよ。わたしそのものじゃあないわ」

語尾が笑いで引き攣《つ》れた。

「その証拠に、あの絵だって、似ていなかったでしょう」

スケッチブックの肖像画か、と森司は思った。

確かに、目の前のやつれた女とはまるで似ていない。幸江を三十歳以上若がえらせたとしても、肖像画の女になるとはとても思えなかった。

「あれは彼の理想の女よ。結局、彼が好きだったのは、伝説の中のタキさまだけ。わたしに執着したのだって、わたしの生い立ちとタキさまの境遇が、彼の中で重なったからでしかない」

幸江はうつろに微笑んだ。

その笑みはどこか、小美濃が見せた笑顔に似ていた。

「生まれてから、なにひとついいことなんてなかった。三郎さんが生家から、わたしを連れ出してくれたのは嬉《うれ》しかったわ。――でも、それだけ。夢を語る以外は、なにもできない人だった。わたしが一郎に無理やり妻にされたときだって、守ってくれなかった。守るすべさえ知らなかった」

彼女は胸もとで拳《こぶし》を握った。

「ここで一生を終えたくなかった。逃げたかった。逃げるための手段が――お金が欲しかったの。だから、小美濃先生を頼った。でも」

——でも、失敗した。

夫の貯蓄を使いこんだ幸江には、逃げるどころか離婚されて無一文で放逐されるか、訴えられて前科持ちになるかの道しか残されていなかった。

「……最後の頼みの綱は、三郎さんが見つけたという財宝だけだった」

だから彼女は三郎のあとを尾《つ》けた。

洞窟を出てきた彼を捕まえ、「宝はあったの、どうなの」と問いつめた。しかし三郎はにやにやして、

「いまは駄目だ」

「まだ教えられない」

と繰りかえすばかりだった。

幸江の視界が、怒りで赤く狭まった。この期に及んで、なにひとつわかっちゃいない男。わたしを不幸から救ったつもりで、また新たな不幸へ突き落としただけの男。

「気がついたときには、彼の背中を思いきり突いていたわ」

抑揚なく、幸江は言った。

「悲鳴もあげずにあの人は落ちていった。……死体は確認せず、そのまま山をおりたわ。ほんとうは、あのまま村を出ようかとも思った。もう数千円しか残っていない通帳と、有り金ぜんぶを入れた財布を持って、夫が戻る前に逃げようかって。でも、一縷《いちる》の望み

が……宝を見つけられるかもしれないという望みが、捨てきれなかった」

「あなた、が」

瀬田が声を詰まらせながら言った。

「あなたが、叔父《おじ》を――」

「ええ」

幸江は悪びれずうなずいた。彼女は笑っていた。

「わたしが突き落として、殺したの。でもわたしにわかるのは洞窟の場所までだった。中へ入ってみたけれど、地図がなければとうてい奥へは行き着けないとわかった。そこへ、あなたがあらわれたのよ。三郎さんの遺品を整理すると言ってね」

森司は目をすがめた。

幸江の背後にあの〝顔〟が浮かびあがっていた。

見ひらいた眼と、歯を剝《む》きだして大きく笑った口。恐怖とも歓喜ともつかぬ、こちらの心まで揺さぶってくるような不均衡なにたにた笑い。

思わず森司は一歩しりぞいた。

脛《すね》が棺に当たり、バランスを崩す。手がわずかに萬吉の屍蠟《しろう》に触れた。

彼の全身を、電流のような衝撃が走った。

記憶だ。はるか遠い過去が痛みをともないながら、モザイク状の記憶となって、彼の脳裏を一瞬にして駆け抜ける。

森司はよろめき、泉水の腕にすがった。

情報過多だ。負荷が重すぎる。こめかみが、脈打つように疼《うず》いた。

額を押さえ、彼は幸江の背後に浮かぶ〝顔〟を指でさした。

「……彼女、だ」

森司は呻《うめ》いた。

「彼女が――そう、彼女がタキです。萬吉の、内縁の妻。彼女がここへ、萬吉の死体を埋葬……いや、放置した――」

モザイク状の記憶が語っていた。

辻《つじ》タキは、敬虔《けいけん》な切支丹《キリシタン》の信徒だった。

当時の切支丹には『マルチリヨの鑑』等、信仰を裏切ることなく殉教せよとの教義がまかりとおっていた。また生涯不犯、つまり一生清い体でいるべしとの教えもだ。

しかし彼らが逃げのびた先は男村だった。女は、女であることそのものを提供しなくてはならなかった。

タキは、萬吉の情婦にされた。

「彼女は、そう……村へ来て十余年のち、この洞窟を見つけた――。洞窟を出た彼女は、高熱を発して……なんとか命だけは取りとめた。でも一度、みずからの〝死〟を間近に見た彼女は、人格が変わってしまった。体は回復しても、心は戻らなかった……」

「死の床で彼女は思ったんだろう。自分の生まれた意味はなんだったのかと」

部長がつづきを引きとった。

「一族を救わなかったばかりか多数を死なせた信仰。無理やり自分を妾《めかけ》にした情夫。そしてこの村。なにもかもが彼女の人生を食い荒らすだけだった。——小美濃先生の笑みや作話には、けっして悪意はない。だが死の淵からよみがえったタキさんは、その真逆だった。彼女の笑みは以前の聖母の笑みではなく、口から出る言葉にもはや真実はなかった。彼女は、復讐《ふくしゅう》に打って出たんだ」

「タキの一族が来てから——村に、ある程度の布教はすでに成されていたんでしょう」

森司は泉水にすがりながら言った。

「灘が言ってましたよね。死後の救済や相互扶助の精神を説いた教義は、山間の貧しい村人たちに支持されたと。そのとおり、彼らが広めた切支丹の教えは、村に広まっていた。素地はできていた。……その教えを、さらにゆがめて広めたのは、彼女です」

「うん。そしてただの男だった萬吉を、救世主だなんだとおだてあげたのもタキさんだろう。極限まで祀《まつ》りあげたあげく、『再臨のためだ』とそそのかして村人たちに殺させたのも、やはりタキさんだね」

部長は眉根《まゆね》を寄せていた。

「彼の〝個〟を奪い、村人に惨殺させたばかりでは飽き足らず、先祖の霊と眠らせることさえなくこの穴倉で朽ち果てさせた。——究極の悪意だ」

タキの笑みはいまや、幸江に重なって同化しつつあった。

蒼白《そうはく》の頰に、歪《ゆが》んだにたにた笑いが融《と》けている。

「小美濃先生が三郎さんに読んであげたという文書も、たぶん実在したんじゃないかな。記したのはイスカリオテのユダ役を負わされた文悟だろう。お宝伝説の仕掛けはいろいろと大掛かりで、彼女一人で成し得たとは思えない。おそらく文悟は相棒だったが、知りすぎた。だからタキさんは最終的に彼を裏切り者扱いし、追放というかたちで切り捨てたんじゃないかと思う」

「宝の伝説は、じゃあ――」瀬田がつぶやいた。

部長がため息をつく。

「餌であり、罠《わな》ってとこかな。この洞窟《どうくつ》を訪れて死にかけた彼女は、誰よりここが危険だと知っていた。十二分に承知の上で、自分の死後も不特定多数を誘いこむ仕掛けを遺《のこ》していったんだ。対象を選ばない、全方位への悪意と殺意だよ。彼女は完全に正気を失っていた」

「……タキは怪物だと、言いたいの？」

幸江が言った。

その顔は笑っていた。

「違うわ」

血の気を失った頰が、薄暗い洞窟に白い蛍火《ほたるび》のごとく浮かびあがっている。

「――女を怪物にするのは、いつだって男よ」

言いはなった彼女の体が、ふらりと揺れた。

その場に幸江は膝《ひざ》からくずおれた。慌てて瀬田が走り、抱きあげる。

「ひどい熱だ。たぶん、例のなにかに刺されたんだ」

「八神くん」

部長が森司を振りかえる。

「電波の届くところまで走って、一一九番して。ぼくらはその間に、彼女を洞窟の外へ運びだしておく。三郎さんの死の解明のためにも、幸江さんをここで死なせるわけにはいかない」

みなまで聞かず、森司はすでに駆けだしていた。

「鮎《あゆ》の塩焼き売ってるー。岩牡蠣《がき》もあるわよ」

「ソフトクリームと、クレープとー、あ、かき氷もあるね」

道の駅ではしゃぐ藍と部長に、背後から泉水が声をかけた。

「おまえら、あんまり遠くに行くなよ。あとで捜すのが面倒だ。八神はメシ食うなら、こっちについて来い」

食事所だけでなく足湯設備もある道の駅で、一同は憩いのときを満喫していた。

キャンピングカーの返却日時までまだ間があるため、「まあ、ゆるゆる戻ろう」と部長が言い、皆がそれに同意したかたちだ。

たった数日だが、いろいろありすぎた。すこしばかり癒《いや》されたいと願ったとしても、ばちは当たるまい。

瀬田からは昨夜、部長あてに連絡があった。

病院に収容された幸江は、抗菌薬の効きがよく命に別状はないそうだ。やはり虫が媒介する風土病の一種だそうで、熱さえ下がれば快方に向かうらしい。殺人罪での告発や、離婚の手つづきなどはそれ以後になるだろう。

森司は赤魚の味噌《みそ》汁と山菜蕎麦《そば》をたいらげて店を出た。

売店のベンチでは、こよみが部長たちと笑顔でクレープをぱくついている。食の細い鈴木は、「空腹でないから」と車内で休んでいた。

森司は売店でデザート代わりのアイスを買い、道の駅の柵《さく》にもたれて袋を破った。一袋に二本入っている、CMでお馴染《なじ》みのチューブ型アイスである。いまは夏季限定となってしまったホワイトサワー味だ。

引きつづき、厳しい暑さだった。しかし日陰に隠れてしまえばぐっと楽だ。

夏特有のクリームを盛りあげたような雲が、濃い青をした空に浮かんでいる。緑は目に沁《し》みるほどあざやかで、すこし向こうにダチョウ牧場が見えた。

――タキは、これからもずっとあそこにいるんだろうな。

森司は思った。

自分たちごときには、彼女は救えない。

鍵《かぎ》は破棄し、洞窟の入り口は枯れ草や石でふさいでおいた。しかしあそこへ迷いこむ者が、今後一人もあらわれないとは断言できない。

彼女はあの強烈な悪意で、ある意味あの墓所を守っているのだ。村を呪い、萬吉を呪いながら、永遠の墓守として彼らの居場所を庇護《ひご》している。

「先輩」

ふいに、背後から声をかけられた。

肩越しに振りむく。

スキニーデニムに、白いノースリーブニットのこよみが立っていた。

艶《つや》やかな黒髪が陽射しを弾《はじ》いて、翠《みどり》がかった光の輪をつくっている。太陽がまぶしいせいか眉間《みけん》に皺《しわ》こそ寄っていたが、彼女の頬と唇は笑っていた。

「こ、こよみちゃ――灘」

吸いこんだアイスにむせながら、森司は脇へどけてスペースをあけた。

「あれ、部長たちは？」

「藍さんは足湯です。部長はまわりをぐるっと一周してくるって」

こよみが森司の横へ並び、柵にもたれた。

「あ……これ、よかったら食う？」

森司はへどもどと、袋に一本残ったチューブアイスを差しだした。こよみが目をまるくする。

「いいんですか」

「うん。懐かしいだろ」

一本残しておいてよかった、と森司は心底思った。アイスを半分こだなんて、まるでカップルの所業ではないか。「では、遠慮なく」とこよみが手を伸ばす。

「わたし、このアイス食べるのはじめてです」

「へえ」

今度は森司が驚く番だった。

「おれは中学くらいまでよく買ってたなあ。その頃は部活に励んでたから、帰り道にコンビニ寄って、友達と割り勘してさ」

「うちは父が『口に入るものを、よその人と分けあうもんじゃない』って厳しかったから。でも一人で二本食べるのも寂しいでしょう。だから買ったことがなくて」

「じゃあ、おれとが初体験かあ」

数秒、間があいた。

「ごめん」

森司は叫んだ。

「あの、変な意味じゃなくて。ほんとごめん」

「いえ」

森司の語気に負けず劣らずの勢いで、こよみが首を振る。

「ええと、あの」

これって――とこよみが口ごもりながら、

「とっても美味《おい》しいアイス、ですね」と言う。

「そ……そうだな」

森司は慌ててうなずいた。

「美味《うま》いよな」

「はい」こよみがうなずく。

「世界一、美味しい気がします」

「お、おれもそう思う」

空はやはりどこまでも澄んで青く、雲は純白で、牧場のダチョウは長い首を揺らして思い思いの方向に歩きまわっていた。

「そういえば小美濃先生、無事に保護されたそうですよ」

こよみが言った。

「畠中先生と矢田先生があらゆる伝手《つて》を使ってくれて、今日のお昼前に行政に保護されたと部長宛てに連絡が入りました」

「そうか、よかった」

森司はほっと息をついた。

「記憶障害の病人だものな、しかも高齢の」

「はい。一見ほんとうに普通に見えるみたいです。本来の専門分野である考古学や、亡くなった奥さまについても、昔とまったく変わりなく流暢《りゅうちょう》に話されるそうで――それだけに、お気の毒だと」

こよみがかすかに声を詰まらせる。

森司は食べかけのアイスを膝へ下ろし、

「脳って、不思議だな」

とつぶやいた。

「おれたちの意識のどこまでが、脳が見せる錯覚なのかって考えると……なんだか不安になってくるよ」

森司は言葉を切った。

こよみが、ぽつりと言った。

「……恋愛も、脳が起こす錯覚かもしれないって言いますよね」

沈黙が落ちる。

わずかの逡巡《しゅんじゅん》ののち、森司は口をひらいた。

「おれは」

なぜか、声がうわずった。

「おれは――そこは錯覚だとは思わない、けどな」

森司はまっすぐ前を向いていた。すぐ横のこよみは見ぬままに言葉を継ぐ。

「全然、思わない」

――女を怪物にするのは、いつだって男よ。

――そいつは緑の目をした怪物で、すなわち〝嫉妬《しっと》〟です。

その怪物さえ、脳が産む幻だとしても。

おれは――。

蟬の声が、なぜかさっきまでより遠い。時間の流れが心なしかゆるやかだ。

しかしその静かな空気を、

「おい、そこのラブコメ組」

と泉水の声が無遠慮に裂いた。

「どうも本家が迷子になったらしい。ひとっ走り行って回収してくるから、おまえらは車ん中で涼みながら待ってろ。戻ったらすぐ出発するぞ」

「あ、はい」

森司は柵から背を離した。

背中にこよみの視線を感じる。しかし、振りむけなかった。

わけもなく顔が熱い。鼓動が速まって、汗でTシャツが背中に貼りつく。

シルクスクリーン・ブルーの空に、白絵具を筆で盛りあげたような雲。額から頬へ流れ、唇に沁みる汗の味。

その頃、街では『月刊シティスケープ』の最新号が発売中であったこと。名物コーナー〝今月のベストカップル〟に森司とこよみの写真が掲載されていることなど、まだ二人は知るよしもなかった。

引用・参考文献

『世界不思議百科』コリン・ウィルソン　ダモン・ウィルソン　関口篤訳　青土社
『伝承遊び考3　鬼遊び考』加古里子　小峰書店
『蛇女の伝説』南條竹則　平凡社新書
『ギリシア・ローマ神話辞典』高津春繁　岩波書店
『異貌の人びと　日常に隠された被差別を巡る』上原善広　河出書房新社
『カクレキリシタンの実像　日本人のキリスト教理解と受容』宮崎賢太郎　吉川弘文館
『新潟県キリスト教史　上巻』新潟県プロテスタント史研究会編　新潟日報事業社出版部
『切支丹宗門の迫害と潜伏』姉崎正治　同文館
『きりしたんの殉教と潜伏　キリシタン研究第43輯』尾原悟編　教文館
『奇跡の村　隠れキリシタンの里・今村』佐藤早苗　河出書房新社
『日本残酷物語〈1〉貧しき人々のむれ』宮本常一　山本周五郎　揖西光速　山代巴監修　平凡社ライブラリー
『文語訳新約聖書　詩篇付』岩波文庫

本作は書き下ろしです。この作品はフィクションです。
実在の人物、団体等とは一切関係ありません。

ホーンテッド・キャンパス　墓守《はかもり》は笑《わら》わない
櫛木理宇《くしきりう》

角川ホラー文庫　20843

平成30年３月25日　初版発行
令和６年４月15日　６版発行

発行者――山下直久
発　行――株式会社KADOKAWA
〒102-8177　東京都千代田区富士見2-13-3
電話 0570-002-301（ナビダイヤル）
印刷所――株式会社KADOKAWA
製本所――株式会社KADOKAWA
装幀者――田島照久

ISBN978-4-04-106152-7 C0193